SUAVE AROMA DOS CAMPOS DE LAVANDA

CÉSAR OBEID

ilustrações de ERIKA LOURENÇO

Editora do Brasil

© EDITORA DO BRASIL S.A., 2019
TODOS OS DIREITOS RESERVADOS
Texto © CÉSAR OBEID
Ilustrações © ERIKA LOURENÇO

Direção-geral: VICENTE TORTAMANO AVANSO

Direção editorial: FELIPE RAMOS POLETTI
Supervisão editorial: GILSANDRO VIEIRA SALES
Edição: PAULO FUZINELLI
Assistência editorial: ALINE SÁ MARTINS
Auxílio editorial: MARCELA MUNIZ
Supervisão de arte e editoração: CIDA ALVES
Design gráfico: CAROL OHASHI/OBÁ EDITORIAL
Editoração eletrônica: SAMIRA DE SOUZA
Supervisão de revisão: DORA HELENA FERES
Revisão: ELIS BELETTI

Dados Internacionais de Catalogação na Publicação (CIP)
(Câmara Brasileira do Livro, SP, Brasil)

Obeid, César
    Suave aroma dos campos de lavanda / César Obeid ; ilustrações de Erika Lourenço. -- São Paulo : Editora do Brasil, 2019. -- (Série toda prosa)

    ISBN 978-85-10-07536-7

    1. Literatura infantojuvenil 2. Luto - Literatura infantojuvenil 3. Relações familiares - Literatura infantojuvenil 4. Superação - Literatura infantojuvenil I. Lourenço, Erika. II. Título. III. Série.

19-26658   CDD-028.5

Índice para catálogo sistemático:
1. Literatura infantojuvenil 028.5
2. Literatura juvenil 028.5

Cibele Maria Dias - Bibliotecária - CRB-8/9427

1ª edição / 1ª impressão, 2019
Impresso na Meltingcolor Gráfica e Editora Ltda

Rua Conselheiro Nébias, 887
São Paulo, SP - CEP: 01203-001
Fone: +55 11 3226-0211
www.editoradobrasil.com.br

AOS LEITORES DESTE LIVRO,
RESPONSÁVEIS POR DAREM
VIDA AOS PERSONAGENS QUE
UM DIA, OS INVENTEI.

SUMÁRIO

A DOENÇA E A PERDA **7**

PRIMEIRO DIA DE AULA **9**

SE EU SOUBESSE QUE ELES PARTIRIAM **12**

TRÉGUA OU DESTINO **15**

COMO DESCOBRIU? **21**

SUAVE AROMA DOS
CAMPOS DE LAVANDA **24**

COFRE DISFARÇADO **28**

MUITO MAIS DO QUE UM PATRÃO **32**

COFRE ABERTO **35**

A SIMPÁTICA GERENTE DO BANCO **40**

HORA NO SALÃO **45**

A DOR DAS SAUDADES **49**

CORTAR O CABELO **51**

A PRÓXIMA CLIENTE **54**

O MECÂNICO DE AUTOMÓVEIS E A
LÍDER DA EQUIPE DE LIMPEZA **58**

O DIA SEGUINTE **62**

A SALA DA MANICURE **64**

PARA MINHA FILHA **70**

SEBÁ SEM REAÇÃO **72**

O QUE É REALMENTE IMPORTANTE? **75**

CONCILIAÇÃO **82**

AGROTÓXICO **86**

EU, QUERIDO? **90**

BATERIA DE EXAMES **93**

BRINCADEIRAS NOS CAMPOS
DE LAVANDA **98**

CAFÉ DA MANHÃ **103**

LUTAR OU NÃO **107**

FEBRE E FALTA DE
APETITE **111**

VISITA À ESCOLA **115**

MICROFONE LIGADO **118**

MOLDE DE SOBRANCELHA **121**

TOMOGRAFIA **123**

A AMIGA DA CARMEM **128**

TEM GLÚTEN NO SUCO? **130**

VÍDEO **138**

MENSAGEM NO CELULAR **141**

ISOLAMENTO **143**

NOVA ENFERMEIRA **146**

PASSADO A LIMPO **150**

FOTOS, PAPOS E PIPOCA **155**

CORRETOR EXPULSO **158**

MUDANÇA **163**

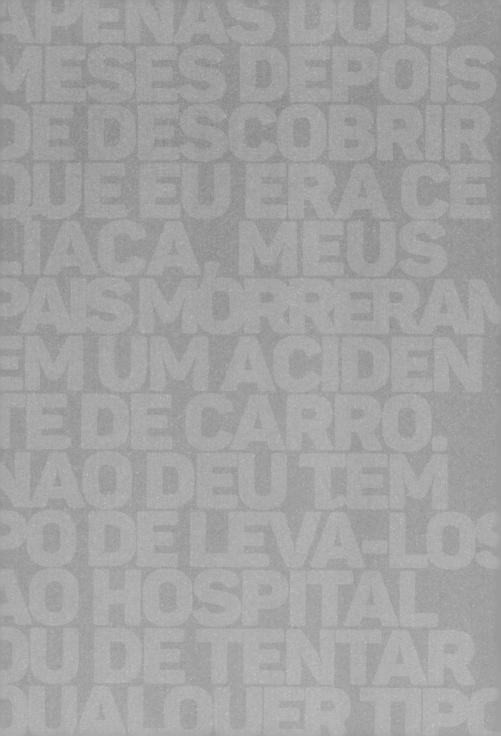

A DOENÇA E A PERDA

Apenas dois meses depois de descobrir que eu era celíaca, meus pais morreram em um acidente de carro.

Não deu tempo de levá-los ao hospital ou de tentar qualquer tipo de resgate.

Sem nenhum aviso do destino, eles se foram. Para sempre.

Palavras não podem traduzir a dor da morte de quem gerou a vida. Senti meu peito explodir com tamanho susto. Lágrimas não foram suficientes para dissipar a dor. O tempo foi o meu inimigo, pois tive de lidar com milhares de preocupações após a morte dos meus pais.

Queria ter tido mais tempo para sentir mais profundamente as minhas lágrimas, queria ter tido mais tempo para gritar todo o vazio da minha alma, queria ter ficado mais em casa, deprimida, comendo dois quilos de chocolate por dia, sentindo no fundo do meu peito a dor da ausência deles.

Mas fui forçada a descobrir que sou mais forte do que imaginava ser.

Não quero fazer papel de vítima, quero apenas que você conheça a minha história.

PRIMEIRO DIA DE AULA

O primeiro dia de aula não costuma causar aflição na maioria das pessoas que continuam estudando na mesma escola (como era o meu caso). Os grupinhos já estão formados, os inspetores são conhecidos, os alunos já levantaram a "ficha" de todos os possíveis professores e o dono da cantina quase nunca é simpático, na maioria das vezes, é claro.

Eu estudava na Escola Estadual Poeta Raimundo Nonato Costa Neto[1] desde o 6º ano, era ótima aluna, conhecia todo mundo, de vista, é claro, pois não era de fazer muitas amizades. Gostava de ficar na minha, de não chamar muito a atenção. Ou seja, tinha tudo para não ter problemas. Mas não foi nada disso o que aconteceu.

---

1 Nome fictício em homenagem aos poetas Raimundo Nonato Costa e Raimundo Nonato Neto.

– Estou com medo de entrar na escola – reclamei como uma criança de três anos que se afasta da mãe no primeiro dia de aula.

– Eu também – disse Zé Renato, meu (único) melhor amigo.

Ficamos em silêncio, na esquina, esperando a coragem aparecer para entrar na escola.

Um filme passava na nossa cabeça com cenas terríveis dos últimos dias letivos do ano anterior. E tudo por causa da Emilly.

A cada semana, ela inventava uma nova manobra para me ridicularizar na frente de todo mundo. Ainda bem que eu teria somente mais um ano pela frente e nunca mais precisaria olhar para a garota que passou a me odiar sem mais nem menos e nenhuma explicação. Estava certa de que só longe dela minha coceira no pescoço sumiria de vez.

– Será que este ano vai ser diferente? – perguntei ao meu amigo, ainda do lado de fora.

– Acho que ela vai encasquetar com a gente de qualquer jeito. Ano passado essa garota surtou, Joyce! Nem ela sabe explicar o motivo de tanta raiva!

Zé Renato é o cidadão (adoro essa palavra) mais realista que conheço. As meninas fingem que ele não existe e os meninos tiram sarro do seu jeito estranho. Ele não é um aluno exemplar, é verdade, mas é um gênio para descobrir o que os outros sentem e para fazer cálculos estatísticos nunca vi igual.

Mas o que importa mesmo é que valorizamos nossa amizade e estamos juntos, sempre.

– Se a Emilly tirar sarro de você, eu brigo – brincou meu amigo, que não tinha condições de guerrear nem com uma barata, quanto mais com a Emilly, a queridinha do Sebá, o cara mais temido da escola.

Muito tensa, estava prestes a descobrir como seria meu primeiro dia do 3º ano do Ensino Médio.

Ao atravessar o portão, o dono da cantina ofertou-me um simpático "bom-dia".

SE EU SOUBESSE QUE ELES PARTIRIAM

Se eu soubesse, logo no início do 3º ano, que meus pais fariam uma viagem sem volta, teria feito só uma coisa diferente que não tive a oportunidade de fazer.

Se, por algum fenômeno extraordinário, eu tivesse a chance de fazer o tempo voltar, reclamaria (do mesmo jeito que fiz) da falta do pão quentinho, dos biscoitos recheados e do delicioso macarrão que só a minha mãe preparava.

Igualmente exageraria dizendo que o pão que faziam com farinha de arroz, polvilho doce e fécula de batata nem se comparava ao pão "normal" que eu nunca mais poderia comer. Repetiria todos os meus escândalos ao saber que nunca mais comeria pizza em uma pizzaria de verdade, como todo mundo faz.

Fui uma criança que quase nunca ficou doente, minha saúde, mantida à base de chás, xaropes e pomadas naturais, era o orgulho dos meus pais. A desconfiança de que havia algo errado comigo surgiu quando minha linha de crescimento, que sempre foi abaixo da média, começou a mostrar uma diferença muito grande da dos outros colegas da escola. Isso mesmo, sempre fui a primeira de toda e qualquer fila na escola. Eles me levaram ao médico só para tirar a dúvida. Fiz exames de sangue, endoscopia, exames de idade óssea até obter o diagnóstico de que minha baixa estatura estava relacionada com a doença celíaca. Os exames comprovaram que eu estava desnutrida! Isso mesmo. Mesmo comendo muito bem, devido à doença celíaca eu não conseguia absorver todos os nutrientes dos alimentos e não crescia como deveria!

O médico afirmou que eu teria uma privação alimentar severa para o resto da vida. Disse também que eu teria de redobrar a atenção para tudo o que comesse, pois nenhum alimento poderia ter sequer traços de glúten. Não é nada fácil descobrir isso quando se é adolescente!

Por isso eu não mudaria em nada minhas reclamações. Apenas uma coisa faria diferente, se o destino tivesse me dado essa chance. Teria falado para eles, antes da última partida, "obrigada" em alto e bom som. Reclamei tanto (e com toda razão) da minha doença celíaca que não deu tempo de agradecê-los. Uma pena.

Vou passar o resto da vida (ou será que alguém vai descobrir a cura para essa doença?) sem comer pão francês quentinho feito com a famosa farinha de trigo, sem comer macarrão alho e óleo que tanto amo, mas não deixarei de pensar nos meus pais por um só segundo.

Quando chegamos em casa com o resultado definitivo dos exames da minha nova situação alimentar, meus pais separaram para doação todos os alimentos que continham glúten. Eles doaram bolachas, pacotes de macarrão, tudo, tudo. Falaram que a partir daquele dia todos nós iríamos comer a mesma comida e que seria muito mais saudável para todos.

Queria ter dito a eles que, mesmo não gostando do pão ou das tortas sem glúten que faziam (tinha textura de borracha!), eu os amava. Era só isso que eu diria se soubesse que não os teria mais por perto.

Gratidão por serem meus pais.

TRÉGUA OU DESTINO

Com o coração em disparada, atravessamos o pátio.

– Chegaram a dupla mais zoada da escola – gritou Emilly, se afastando do seu grupinho e se aproximando da gente.

– Você está errada, Emilly!

– Como errada? – ela retrucou. – Vocês são a dupla mais zoada da escola.

– Agora você está certa – falei.

– Qual é, Joyce? Está tirando sarro da minha cara? Ficou louca? Esqueceu quem manda aqui?

– Não, Emilly. Você estava errada quando disse "chegaram a dupla mais zoada da escola". O correto é "chegou a dupla mais zoada da escola". E estava certa na conjugação quando disse "vocês são a dupla mais zoada da escola".

Os amigos da Emilly não seguraram o riso.

Sebá, o cara mais temido da escola, era o líder desse grupo. Todos sabiam que ele aprontava muito por aí e andava com gente barra-pesada, mas era dissimulado, fazia o impossível para suas artimanhas não serem descobertas. Se você fizesse parte da sua lista de amigos, nunca teria problemas nem dentro nem fora da escola. É lógico que eu e Zé Renato não estávamos nessa lista!

– Qual é, Joyce, só porque está um milímetro mais alta você quer me ensinar a falar? – revidou Emilly.

– Que bom que reparou que eu cresci.

– Muito engraçadinha, Joyce. Não pense que, por estar menos baixinha, eu vou pegar leve com você este ano. Vamos brincar de trégua ou destino.

Mais uma vez, os colegas dela riram da gente.

Todos sabiam que esse jogo só tinha um vencedor. Ou melhor, uma vencedora.

Eu e Zé Renato nos afastamos e fomos procurar a lista que informava qual seria a nossa sala. Por sorte, eu continuaria na mesma turma do Zé Renato, meu querido amigo magro e de cabelos cacheados, sempre desarrumados. Por azar, estaríamos na mesma sala que a Emilly, de novo.

– Já viu que neste ano nós *ficaremo* ao seu lado? – provocou Emilly, que foi atrás de nós.

– Não, Emilly! O certo é dizer nós "ficaremos" ao seu lado – desabafei, já sabendo que iria sofrer *bullying* do mesmo jeito.

Eu sabia que minhas correções deixavam Emilly ainda mais furiosa, mas já estava cansada de aguentar suas provocações sem motivo.

— Você não sabe o que te espera este ano — intimidou Emilly.

— Não sei de onde vem tanta raiva de mim, nunca te fiz absolutamente nada!

— Você existe e só isso já me incomoda! Entendeu, baixinha?

— Eu não tenho culpa! Só o fato de eu existir não te dá o direito de me atormentar. Você deveria falar com um psicólogo para se entender melhor.

— Aeeee! Tirou mesmo! — os amigos da Emilly falaram em coro.

— Tirou você, hein, Emilly? Vai deixar barato? — insinuou o temido Sebá.

— Eu nunca deixo ninguém me tirar, ainda mais esta nanica sem utilidade — Emilly defendeu-se.

Puxei meu amigo pelo braço e saímos do grupinho que estava se formando em volta da gente. Essa turma adorava confusão e eu não estava a fim de arrumar encrenca logo no primeiro dia de aula.

— A baixinha pode ir agora, mas o magrelo fica — disse Emilly, puxando Zé Renato pelo braço.

A turma, que se divertia vendo a gente sofrer, aplaudiu. Eu percebia que os outros alunos da escola queriam nos ajudar, mas da última vez que alguém quis nos defender, algo horrível aconteceu. No ano passado, Paulo Sérgio, um colega da nossa sala, teve coragem e pediu para Emilly parar de me atormentar com suas provocações. Ela não parou e, no mesmo dia, no horário de saída, Sebá o convidou para uma conversa particular. Quando os outros alunos foram segui-los, Sebá falou que se alguém fosse atrás ou filmasse estaria marcado para sempre. Paulo Sérgio, morrendo de medo, e Sebá foram a uma praça próxima à escola. Quando a polícia chegou, depois que alguém denunciou, encontrou nosso colega Paulo Sérgio se retorcendo no chão da praça. Não havia marcas ou qualquer sinal de agressão. A polícia levou Sebá para depor. Logo em seguida, ele foi liberado, pois não havia provas. Sebá era mestre em aprontar e não ser pego, nunca vi nada igual.

Ninguém queria ter o mesmo destino do Paulo Sérgio.

– Emilly, seu problema é comigo, deixe meu amigo em paz – falei.

– Fica quieta, Joyce! O magrelo fica comigo. Vamos brincar de trégua ou destino, senhor Zé Renato?

– Ah, não, Emilly, por favor, não precisa fazer isso – implorou meu amigo.

– Quem manda aqui, magrelo?

– Você – sussurrou Zé Renato.

– Não ouvi, fala que nem homem, garoto!

– Você.

– Você, quem?

– Você, Emilly.

– Ouviram? Ouviram o que esta anta falou? Eu mando aqui. E como eu mando aqui, vou seguir com a tradição. Escolha um desses dois papéis.

Emilly tirou do bolso dois papéis. Em um deles estava escrito a palavra "trégua" e, no outro, a palavra "destino". Zé Renato sinalizou com o rosto que não queria, pois sabia muito bem aonde aquela história iria parar. Emilly olhou tão fixamente para ele que o pobre do meu amigo entendeu que não havia outro jeito a não ser escolher um dos papéis. Eu, sem poder fazer nada, sentia pena do Zé Renato. Sabia que Emilly só o menosprezava porque ele era meu amigo.

Zé Renato era um doce de pessoa. Honesto ao extremo (até demais, não tinha freio na língua quando a verdade precisava ser dita). Cortava meu coração ver meu melhor amigo pagando um preço muito alto só por querer ficar ao meu lado.

Observei que Zé Renato tinha escolhido o papel que dizia que ele teria trégua. O que significava que a crueldade da Emilly contra o pobre garoto na primeira semana de aula não seria posta em prática. Mas, na segunda-feira seguinte, sortearia outro papel. Se fosse o que estivesse escrito "destino", ele seria alvo das suas grosserias, assim como eu vinha sendo desde o último bimestre do ano anterior.

COMO DESCOBRIU?

Às vezes, Zé Renato tinha sorte e tirava por três semanas seguidas o papel escrito "trégua", porém, quando saía o papel "destino", éramos nós dois os alvos das palhaçadas da Emilly, do seu temido e falso amigo (ou namorado?) Sebá e da sua turma idiota, que se achava descolada por praticar *bullying* com os outros. Eu nunca falei isso na cara do Sebá. Já pensou o que poderia acontecer?

Claro que comunicamos o fato mais de uma vez para a diretoria da escola, que novamente conversou com Emilly e pediu que os professores ficassem mais atentos. Acontece que ela dava um jeito de fazer suas humilhações e idiotices de tal maneira que, quando algum professor se aproximava, Sebá sempre intervinha com um sorriso tímido e dizia que tudo não passava de uma grande brincadeira, que estava tudo normal. Na verdade, ninguém queria ser convidado para uma conversa particular com ele e apanhar como o Paulo Sérgio, que quis nos defender.

Emilly era astuta. Ela deve ter aprendido muito com o Sebá, que ninguém sabia se era seu namorado ou não. Viviam grudados, mas nunca faziam carinho em público. Deve ser engraçado ver o Sebá, com toda sua grosseria, fazendo carinho em alguém. Antes de nos afastarmos do grupinho idiota, Emilly me chamou de canto e disse:

— Não pense que vou pegar leve com você só porque é celíaca. Se está doente, o problema é seu.

— Como você descobriu que sou celíaca? Só contei para o Zé Renato sobre a minha doença e ele não contaria para ninguém.

— Sua anta! Você se esqueceu-se que eu nasci para te atormentar?

— O certo é "esqueceu-se" ou "se esqueceu", não "se esqueceu-se" – provoquei.

— Tanto faz se tem o "se" antes ou depois ou antes e depois...

— Estudamos na mesma escola desde o 6º ano, a gente nem se falava, você nunca brigou comigo. Por que isso agora?

— Sua baixinha boba! Tomei a melhor decisão da minha vida. Apavorar a sua! Imbecil.

— Quem te contou que sou celíaca?

— Como eu adoro ver você implorando as coisas para mim. Bem-vinda, nanica Joyce, se prepare para o seu último ano do

Ensino Médio. E não pense que vai crescer só porque não come mais glúten. Vai ficar pequena para sempre, desnutrida – Emilly se despediu com um sorriso de canto de boca, mordendo uma bolacha recheada. Fez sinal se eu queria um pedaço.

Chorei tanto ao lado do Zé Renato, que ficou por perto, sem falar nada, sem encostar em mim (ele não era muito de carinho físico). Apenas doou a sua presença para me confortar.

Além de tudo, ainda tinha a triste tarefa de recusar bolachas recheadas pelo resto da minha vida. Não tinha jeito: logo após as discussões com a Emilly, a coceira do pescoço piorava.

Se ao menos eu pudesse comer uma bolacha recheada qualquer para me acalmar...

Assim foram os meus primeiros dias do 3º ano na Escola Estadual Poeta Raimundo Nonato Costa Neto.

SUAVE AROMA DOS CAMPOS DE LAVANDA

Não sei o que seria de mim sem o apoio da minha avó, uma mulher incrível. Na propriedade da família, no interior do estado, eles produzem alimentos orgânicos e têm uma plantação de campos de lavanda maravilhosos. Se tivesse de escolher um cheiro predileto, eu escolheria o suave aroma da lavanda. Não me pergunte o motivo, aromas não precisam de explicação.

Quando eu estava ao lado dela, recordava minha infância no sítio comendo almeirão-selvagem refogado com cebola roxa. Que delícia! Sempre tinha um galhinho de lavanda com flor para decorar a mesa.

Não foi nada fácil para mim, aos dezessete anos, ter de conviver com a dor da perda dos pais em um acidente horrível, com a descoberta da doença celíaca e de toda a privação alimentar, com as maldades da Emilly, totalmente sem noção, e ainda ter de organizar toda a casa, de uma hora para outra. Foi muita coisa para mim.

– Minha filha, acho que você deve ir morar com a gente no sítio. Temos trabalho, nada vai faltar para você lá.

– Morar no sítio? Não dá, vó! Estou no último ano do Ensino Médio...

– Você não pode pedir transferência de escola, Joyce? Lá a escola estadual é muito boa. Seus primos adoram.

– Vó, como eu vou sair daqui? É muita mudança para mim. Ainda tenho de ajeitar os documentos da casa, do inventário, do seguro do carro, da pensão. Quem sabe no ano que vem.

– Faça o que o seu coração mandar. Eu fico com você o tempo que precisar. Seus tios, tias e primos cuidam de tudo lá no sítio. A nossa plantação de lavanda está uma beleza.

Quando era criança, gostava de brincar de esconde-esconde nos campos de lavanda com meus primos e amigos do sítio. Enquanto estava agachada, mastigava as pequenas partes das florzinhas roxas. Era tão suave que me fazia apenas sorrir. Também gostava de espremer as folhas verdes entre os dedos para sentir o cheiro que tanto me acalmava.

Só que, agora, eu também queria me esconder, mas não sabia como. Queria me tornar invisível para Emilly, que continuava a me atormentar, não como no ano passado, na frente de todos, me expondo ao ridículo para rirem de mim, pois agora os professores estavam mais de olho nela. Ela olhava nos meus olhos e me provocava diretamente, como se não precisasse mais tanto do público. Mas seus amigos continuavam rindo quando ela me dava uma cotovelada, me empurrava ou pisava no meu pé. E o pior, depois de qualquer violência física ou verbal, Emilly sussurrava que eu ficaria baixinha por toda a minha vida e que ninguém nunca iria gostar de mim.

Queria, de verdade, me esconder por inteira, mas na escola não existiam campos de lavanda. Obrigada, mãe, por me dar uma avó linda assim! Na cidade, mesmo sem o suave aroma dos campos de lavanda, tinha o abraço da avó mais querida do mundo.

Decidida a trazer um pouco da fartura do interior para a minha casa, minha avó começou a plantar verduras e temperos no minúsculo quintal totalmente cimentado. Ela comprou terra adubada, vasos, mudas e sementes, e com seus dedos verdes mágicos, cuidava de cada plantinha com todo amor. Claro que não faltou uma mudinha de lavanda em um vaso, que eu sabia que iria crescer, florir e perfumar nossa casa.

* * *

Não tive coragem de contar para os meus pais o meu sofrimento na escola. O *bullying* da Emilly começou praticamente ao mesmo tempo em que realizávamos os exames para descobrir minha doença celíaca. Nós estávamos preocupados demais com essa nova situação. No fundo, não queria decepcioná-los. Não sei se eu fiz o certo ou não, mas eles morreram pensando que meu único problema seria a falta da farinha de trigo.

Achava que minha história poderia parar por aqui. Ser o enredo de uma garota baixinha e celíaca, que perdeu os pais em um acidente de carro, que era a única amiga de um garoto estranho e que sentia coceira no pescoço só de pensar na colega de escola que passou a fazer *bullying* com ela sem motivo aparente.

Já seria drama suficiente, não?

Não! A vida tem me preparado desfechos inesperados e surpreendentes.

COFRE DISFARÇADO

Zé Renato me ajudou a organizar os documentos que deveriam ser encaminhados ao dr. Sandro. Ele era o advogado responsável pelo inventário dos meus pais, para, assim, eu receber o dinheiro do seguro do carro, já que o acidente causou perda total.

Eu nunca tinha aberto aquelas pastas que estavam na parte alta do guarda-roupa, sabia apenas que eram documentos pessoais dos dois, nada mais. Eu e o meu amigo procurávamos e depois separávamos item por item: declarações de imposto de renda, cópias dos documentos de identidade, certidão de casamento, minha certidão de nascimento, escritura da casa...

Nossa! Quantos documentos as pessoas têm! Chorava cada vez que lia o nome dos meus pais naqueles papéis com carimbos de cartórios. Havia também, no meio da papelada, um relógio, me lembro que meu pai dizia que era do meu avô, que nem cheguei a conhecer, e uma pequena chave que não fazia ideia do que abriria.

Deixamos as pastas do guarda-roupa de lado e fomos ver a sacola com as coisas do meu pai que o senhor Olívio trouxe da oficina em que ele trabalhava. Três livros em inglês, pesados, estavam grudados uns nos outros. O que livros em inglês estariam fazendo nas coisas que estavam no trabalho do meu pai? Ao carregá-los, percebi que não eram livros de verdade, mas, sim, um pequeno cofre disfarçado. Estava trancado.

– O que será que tem aqui dentro, Zé Renato?

– Sei lá, é um cofre! Deve ter dinheiro.

– Dinheiro? Meus pais nunca conseguiram guardar dinheiro.

– Abre para ver, Joyce!

– Não tem chave.

– Arromba.

– Como assim?

– Com uma chave de fenda, é um cofre bem fraquinho. Vai, Joyce, me dá uma chave de fenda que eu abro.

– Não sei, não! Parece que estou fazendo algo errado.

– Você precisa saber o que tem aí dentro.

– Olha só, Zé Renato, no meio dos papéis tem uma chave pequena. Deve ser do cofre.

– Por que o seu pai guardava em casa a chave do cofre que estava na oficina?

– Talvez quisesse guardar algum segredo.

– Segredo? Que segredo?

– Não sei, Zé Renato, não sei!

– Pensa bem, se o cofre estava na oficina e a chave estava escondida em casa, no meio de uma papelada, com certeza era para a sua mãe não descobrir o que ele guardava.

Se naquele momento eu soubesse que essa descoberta mudaria minha vida, nunca teria aberto o cofre-livros-de-inglês.

MUITO MAIS DO QUE UM PATRÃO

Senhor Olívio, o dono da oficina mecânica em que o meu pai trabalhava, deu o telefone do advogado dele, dr. Sandro. Falou que eu poderia pedir o que fosse preciso que ele pagaria tudo depois. De quando em quando, ele mesmo me ligava para saber como eu estava me virando, se precisava de alguma coisa, e perguntava sobre o andamento do inventário, do seguro do carro, entre outras burocracias.

Teve um dia em que o senhor Olívio e a família vieram me visitar. Eles trouxeram as coisas pessoais do meu pai que ficavam guardadas no armário dele, na oficina. Na sacola, além de objetos pessoais e do cofre disfarçado de livros de inglês, havia uma foto minha no dia em que dancei balé, quando ainda estava no 1º ano do Ensino Fundamental. Naquele dia eu chorei tanto, mas tanto, porque minha mãe se esqueceu de colocar minhas sapatilhas na mochila.

Foi horrível ter de entrar no palco sem as sapatilhas, parecia que eu estava entrando sem os meus pés. Claro que também me irritei, pois todas as minhas colegas de classe estavam com suas lindas sapatilhas brilhantes. Eu era a única diferente...

A professora e a minha mãe me convenceram a entrar no palco mesmo assim. Depois que comecei a dançar, até me esqueci que estava sem as sapatilhas e embarquei na dança, feliz.

Foi naquele instante que o fotógrafo clicou.

Meu pai escolheu essa foto para decorar a porta do armário da oficina. Sempre antes de vestir o uniforme, que ficaria todo sujo de graxa, ele olhava para o meu retrato, confiante. Ele nem se lembrava do esquecimento das sapatilhas.

Mesmo guardando a minha foto de criança, meu pai nunca me tratou como uma, até quando eu aprontei uma surpresa para ele.

– Pai, eu quero trabalhar.

– Jura? Que bom.

– Como trabalhar? – perguntou minha mãe. – Ela só tem 15 anos.

– Qual é o problema? Eu trabalho desde os 12 anos de idade – afirmou meu pai.

– Já pensou em que gostaria de trabalhar? – quis saber a minha mãe.

– Não só pensei como já arrumei o emprego, mãe! – respondi como a mulher mais madura do mundo.

– O quê? Como assim? Onde? – perguntaram assustados.

– Que drama, vocês dois... Eu liguei para o sr. Olívio e perguntei se poderia trabalhar aos sábados na oficina. Ele falou que adoraria, mas só se os meus pais permitissem. Vocês deixam? Já estou contratada.

– Mas você vai fazer o que naquela oficina mecânica, minha filha? – quis saber minha mãe, toda aflita.

– Trabalhar, mãe! Qual é o problema? É só meio período, uma vez na semana. Vou servir café, arrumar as fichas dos clientes no computador... O sr. Olívio falou que quando eu não puder ir não tem problema nenhum, é só avisá-lo. Ele é muito legal, né, pai?

– É, sim, minha filha. Aquele homem é muito mais do que o meu patrão.

– Vocês deixam? – fiz cara de gata manhosa.

– Por mim, tudo bem! Afinal, trabalhar e ter o próprio dinheiro não faz mal a ninguém. E, além do mais, estarei mais tempo junto da minha filhota.

– Obrigada, pai. Vai ser legal. Assim, não vou pedir mais dinheiro para ir ao cinema.

Minha mãe fez cara de quem não estava muito convencida, mas acabou deixando.

E, assim, trabalhei aos sábados de manhã na oficina do sr. Olívio até a morte dos meus pais. Lembro com carinho daqueles sábados, quando fazíamos um programa em família depois do expediente. Minha mãe passava lá e íamos almoçar fora.

Que patrão mais especial meu pai e eu tivemos!

COFRE ABERTO

Eu adoro ler e acredito que os livros são guardiões dos nossos segredos mais íntimos. Às vezes, dá vontade de contar para todo mundo sobre a leitura mais recente. Em outros momentos, quero guardar o que foi lido só para mim, pois aquelas páginas escondem meu segredo atual.

É impossível não amar um segredo.

Passados somente alguns meses após a morte dos meus pais, tendo que lidar com a dor da solidão e a Emilly nos atormentando com aquele jogo estúpido de "trégua ou destino" que me arrepiava inteira, eu estava prestes a descobrir outro segredo que não era meu.

Havia somente um envelope amarelo dentro do cofre disfarçado.

E dentro dele...

Dezenas e dezenas de depósitos bancários. Alguns eram muito antigos, outros bem recentes. Ficamos chocados ao ver que a conta corrente que recebia mensalmente todo aquele dinheiro era de uma mulher chamada Carmem Souza Santos.

Como assim? Por que meu pai depositava dinheiro todo mês na conta dela? Os recibos estavam todos separados por ano. Não faltou um mês sequer, por 12 anos. O que nos chamou a atenção é que, a cada ano, o valor do depósito aumentava. Que valores seriam aqueles? Quem seria essa mulher?

– O que você está fazendo? – perguntei a Zé Renato quando vi que ele estava na sala ligando o computador.

– Precisamos descobrir duas coisas.

– Quais?

– Esses valores, Joyce, têm uma ordem, você percebe? Há uma sequência, uma lógica. Às vezes, eles se repetem por meses, depois aumentam e fica assim por um bom tempo, depois aumentam de novo. E também precisamos saber quem é essa mulher.

Minha vó, que estava na cozinha, ouviu a nossa conversa e, muito discretamente, quis saber se estava tudo bem. Perguntei se ela conhecia uma tal de Carmem Souza Santos.

Ela disse que nunca a viu mais gorda e quis saber por que a procurávamos. Desconversei e fui acompanhar Zé Renato nas buscas *on-line*.

Minha vó foi preparar um bolo de cenoura com erva doce (sem glúten, é claro!).

– Veja só, Joyce, descobri! Esses valores são de salários mínimos. Foi só digitar no *site* de busca três valores seguidos.

Voltei ao quarto dos meus pais, peguei todos os depósitos e os conferimos. Agora não tínhamos mais dúvida, meu pai vinha depositando para ela o valor de um salário mínimo, todo mês, durante 12 anos!

– No meu perfil, na rede social, não tem nenhuma Carmem Souza Santos com amigos em comum – afirmou Zé Renato, compenetrado em sua busca.

Coloquei a minha senha para abrir meu perfil. Ao fazer a busca com o nome da misteriosa mulher, apareceram várias pessoas com esse nome. Claro, Carmem Souza Santos é um nome simples. Porém, uma delas tinha três amigos em comum.

– Clica logo – ordenou Zé Renato, bem aflito para descobrir se a tal Carmem que recebia os depósitos era a mesma Carmem que estava na mira do nosso *mouse*.

– Todos os três amigos em comum são da nossa escola, estudam no terceiro ano do Ensino Médio da Escola Estadual Poeta Raimundo Nonato Costa Neto – constatei ao analisar com cuidado quem eram os seus amigos.

– Mas ela não é adolescente – replicou Zé Renato ao observar que Carmem já era uma mulher madura – É uma mulher bonita...

– Você a acha bonita? – perguntei perplexa, pois nunca havia visto meu amigo elogiar uma mulher assim.

– Sei lá, pode ser... Veja as fotos, Joyce, ela gosta de fazer com os dedos o "V" de vitória quando tira foto.

– Eu acho isso tão brega! Nunca faço isso – afirmei, orgulhosa por não ser uma pessoa cafona.

Continuamos a vasculhar a página do perfil de Carmem Souza Santos e descobrimos várias coisas sobre ela:

• nasceu em Sobral, interior do Ceará;

• trabalha em um salão de beleza bem próximo à minha casa;

• é cabeleireira especialista em alisamento;

• é canhota, pois o Zé Renato deduziu que ela faz o "V" com os dedos indicador e médio só da mão esquerda (meu Deus, no que ele foi reparar!);

• gosta de mostrar a língua em mais de 35% das fotos (claro que esse cálculo foi feito pelo Zé Renato);

• fez clareamento de axila com limão e bicarbonato de sódio e postou duas fotos, uma antes de aplicar o produto e outra depois, com o feliz resultado.

A cada nova descoberta sobre detalhes íntimos (mas públicos) da vida de Carmem, soltávamos risadas nervosas. Era estranho ver uma mulher que aparentava ter mais de 30 anos fazer (e publicar até para quem não fosse amigo dela) coisas que poucas adolescentes têm coragem de assumir.

A descoberta mais surpreendente não tinha nada a ver com clareamento de axilas ou com o fato de uma mulher ficar mostrando a língua em fotos cotidianas. Boquiabertos, sem acreditar no que estávamos vendo, descobrimos que essa tal Carmen tinha uma filha que estudava na nossa escola, tinha a nossa idade e era da nossa classe! "Não é possível", pensamos.

Ficamos sem palavras. Ao desligar o computador, a coceira do pescoço apareceu novamente.

Fui ao minúsculo quintal e observei com atenção como a pequena muda de lavanda crescia. Ao seu lado, vasos acolhiam flores e verduras. Garrafas PET cortadas ao meio serviam de berço para temperos como salsinha, cebolinha, manjericão, tomilho, coentro e até orégano. Tudo para a nossa comida sem glúten ficar mais saborosa.

Assim como o pé de almeirão-selvagem que fincava raízes na terra, uma pergunta grudou na minha cabeça: se a Carmem que encontramos nas páginas da rede social, mostrando a foto da axila antes e depois do clareamento, fosse a mesma pessoa que estava recebendo o dinheiro do meu pai, o que eu iria fazer?

A SIMPÁTICA GERENTE DO BANCO

Zé Renato sugeriu que fôssemos ao banco conversar com a gerente, pois talvez ela pudesse dar alguma pista. A atendente nos deu uma senha.

Aguardamos sem dizer uma palavra, mas com a repetição mental da mesma pergunta: Será a mesma pessoa?

— Então, quanto os jovens investidores querem aplicar? Temos ótimas oportunidades financeiras para vocês – brincou a simpática gerente do banco.

— Nós não viemos investir em nada, moça. Precisamos descobrir uma coisa – falei.

— Jovens detetives! Quando eu tinha a idade de vocês, adorava livros de mistério. Como eu posso ajudar?

— Meu pai tem... quer dizer... tinha conta nesta agência – entreguei para a gerente o cartão da conta corrente em nome do meu pai e a certidão de óbito. Com os documentos em mãos, começou a digitar no computador.

– Vou tirar uma cópia da certidão de óbito e atualizar o sistema. Outra coisa, você já fez o inventário?

– Ainda não.

– Quando estiver com o inventário pronto, traga para poder sacar o saldo.

– Tem muito dinheiro na conta?

– Não é muito, querida, mas você terá de sacar para encerrarmos a conta. Era isto que queriam descobrir, quanto o seu pai tinha na conta? – perguntou a gerente com um sorriso amoroso ao final da pergunta.

– Eu nem pensei nisso. Estamos aqui por outro motivo. A verdade é que o meu pai depositava todo mês o valor de um salário mínimo para essa mulher, por 12 anos. Quero saber quem é ela – entreguei os comprovantes que estavam no cofre-livros-de-inglês para a gerente-mais-do-que-sorriso.

– Eu sou gerente do banco, não adivinho nada – disse, conferindo os recibos, um a um.

Quando viu que eram recibos novos e antigos, bem organizados, separados por ano, em nome de uma mesma pessoa, a gerente fez cara de espanto, deu um suspiro bem grande e disse que não poderia nos ajudar, que se tratava de uma informação pessoal e confidencial.

– Moça, por favor, me ajude! Sabe o que é perder os pais em um acidente de carro e de uma hora para outra me ver sozinha no mundo? Eu nem conheço os parentes do meu pai! A família da minha mãe mora no interior (omiti o fato de a minha querida avó estar morando comigo para parecer mais dramática). E tem mais, sempre fui a mais baixinha da minha idade, você não sabe o que é isso porque é alta. E o pior, sofro *bullying* de uma colega de classe! Só de ver essa pessoa, meu pescoço não para de coçar, é um horror! E tem mais, moça, sou celíaca. Eu não posso nem comer em uma pizzaria como uma pessoa normal! Ah, e por último, tenho só um amigo na escola inteira. Acho que mereço saber quem é essa mulher, não acha?

– Olha, eu sei que você quer saber quem é essa pessoa que recebia dinheiro do seu pai, mas não precisa ficar inventando essas coisas todas só para eu te dizer, certo? Realmente não posso ajudar.

– Ela está dizendo a verdade – defendeu-me Zé Renato. – Por sinal, eu sou o tal único amigo dela.

Chorei lágrimas mansas quase em silêncio. Estava triste por precisar contar toda a minha vida a uma mulher que nem conhecia, mas exagerei bastante porque tinha que sair do banco com a informação se a Carmem que recebeu os depósitos do meu pai era mesmo a mãe de quem não poderia ser.

– Olha só, garota, eu vou te ajudar, mas você não fala para ninguém, ok? Por sorte essa mulher também tem conta nesta mesma agência e só posso dar o endereço dela, certo?

Em estado de choque profundo, voltamos para casa para organizar as pastas que ficaram fora do guarda-roupa. Era tudo o que nos restava fazer depois de descobrir que Carmem Souza Santos, que recebeu dinheiro mensalmente do meu pai

por 12 anos, era a mãe de ninguém mais, ninguém menos que a Emilly.

Dessa vez, não foi só o pescoço que coçou, foi o corpo inteiro.

Depois dessa bomba que explodiu em minha vida, não quis saber de mastigar nenhuma folhinha de tempero nem olhei para as flores da lavanda que começaram a aparecer.

HORA NO SALÃO

Nem liguei para as maluquices da Emilly no dia seguinte, que veio ao meu lado e sussurrou no meu ouvido:

– Olha só a nanica e o magrelo chegando. Você nunca vai crescer, entendeu, Joyce? Vai ser tampinha a vida inteira.

Seus amigos e amigas mais do que babacas riram, mesmo sem terem ouvido o que ela disse. Na boa, que graça tem fazer esse tipo de comentário para outra pessoa? Que culpa eu tenho de ser baixinha? Fui eu quem escolheu o meu tamanho? Mesmo sem continuar com o *bullying* explícito, todos os alunos da classe sabiam que ela me apavorava. Eles contaram à diretora e aos professores, mas todos diziam que, sem provas, não podiam fazer nada. Sebá e Emilly realmente estavam atentos para não deixarem rastros. Quando questionados sobre o *bullying*, diziam, simpáticos, que não era nada daquilo e que estavam só conversando como grandes amigos.

Às vezes, de longe, eu observava o Sebá, um cara para lá de estranho, desajeitado, que só agradava as pessoas quando era seu interesse. Ele não devia ter mais do que 17 ou 18 anos, mas aparentava uns 30. Vivia rodeado de gente, mas pouco o via sorrindo. Tenho a sensação de que seus amigos, no fundo, também o temiam. Quais são os medos de uma pessoa que apavora todo mundo?

Eu nem acho tão ruim assim ser um pouco menor do que as outras garotas. Cada um é do jeito que é. Uns são gordos, outros magros, tem quem tenha nariz grande, ou pé bem pequeno. Que diferença faz? Isso lá é motivo para os outros tirarem sarro? Isso é falta do que fazer!

Respirei fundo e nem olhei para a filha da moça que clareia a axila e posta fotos do antes e do depois na rede social. Sentei-me ao lado do Zé Renato, na frente da sala, como sempre. Ainda deu para ouvir Emilly rindo sei lá do que com o seu nada sincero amigo (ou namorado?) Sebá, o cara que sabe das coisas.

Decidi não dar mais bola para esse *bullying*. Eu tinha coisas mais importantes para pensar. Várias dúvidas passavam pela minha cabeça: 1) Por que o meu pai fazia esses depósitos para a mãe da Emilly?; 2) Será que eles se conheciam bem?; 3) Tinham amizade?; 4) Será que meu pai comprou alguma coisa dela e estava pagando as prestações?; 5) Minha mãe sabia desses depósitos?; 6) Por que os comprovantes estavam guardados em um cofre disfarçado de livros de inglês que ficava na oficina e a chave estava em casa, escondida em meio a papéis?; 7) Por que nunca me contaram nada?

O professor entrou na sala e a farra terminou, ao menos por alguns instantes.

– Zé Renato, vou perguntar para Emilly se ela sabe dos depósitos.

– Não faça isso, Joyce! Está doida? Você vai dar mais um motivo para ela te zoar.

– Mas eu preciso saber! Meus pais não estão mais aqui para me responder.

– Por que não pergunta direto para ela?

– É o que eu vou fazer.

– Não! Pergunte para Carmem.

– Está louco, Zé Renato? Eu nunca falei com essa mulher.

– E daí? Sempre tem a primeira vez. Ela não trabalha em um salão de beleza? Marque uma hora com ela para cortar o cabelo.

– Cortar o cabelo com a mãe da Emilly? Vai que ela me corta toda com a tesoura? E se ela for mais maluca do que a filha?

– Então, Joyce medrosa, fique sem respostas e não reclame mais!

Zé Renato estava certo, ele sempre tinha razão. Eu não conseguiria dormir sem esclarecer tudo isso. Sim, meu pai depositou durante 12 anos um salário mínimo para a mãe da garota que resolveu me atormentar, sem nenhum motivo. Eu precisava descobrir a verdade. No intervalo da aula, liguei no salão. A atendente queria marcar hora com outra cabeleirei-ra, mas eu disse que teria de ser com a Carmem. Ela perguntou meu nome, que iria procurar a ficha. Eu falei que não era clien-te, mas, como me indicaram a Carmem, queria que ela mesma cortasse o meu cabelo.

Estava pronta para cortar de uma vez por todas as minhas mirabolantes dúvidas. Tomara que a mãe da Emilly saiba cor-tar cabelo tão bem como sabe mostrar o resultado do antes e do depois do clareamento de axila.

A DOR DAS SAUDADES

A dor das saudades é indescritível.

É um pouco de solidão.

É um pouco de aflição.

É muita angústia.

Meus pais não estão mais aqui.

Queria muito que eles estivessem.

Eles sempre vão morar no meu coração e nunca vou deixar de pensar em tudo o que vivemos juntos. Saudade, saudade, saudade! Papai, mamãe, onde vocês estão?

Estava cansada de só poder pensar neles, queria olhar nos seus olhos, sentir o cheiro dos dois. Minha mente estava cansada de tanto pensar. Meu corpo estava cansado de tanto chorar. Queria abraçá-los bem forte, queria brigar com eles por qualquer coisa, queria reclamar da minha doença celíaca, mas eles não estão aqui, não me ouvem. Será que ouvem?

Meu pai era mecânico de automóveis, como ele gostava de dizer. Não me lembro de ouvi-lo falar a palavra "carro", dizia que a pronúncia de "automóvel" era mais imponente. Sempre trabalhou em oficinas que não eram exemplos de higiene, mas eu nunca conheci um homem mais cheiroso do que ele. Antes de sair do trabalho, tomava banho, passava loção e se perfumava todo. Ele era lindo demais. Como eu gosto do perfume do meu pai. Hoje mesmo eu passei um pouco, bem pouquinho, porque não quero que acabe nunca.

"O cheiro do seu perfume me lembra o seu sorriso". Será que eu fiz uma poesia sem rima?

Em um pequeno pedaço de cartolina, escrevi essa frase-poema com caneta preta, a cor de tinta preferida do meu pai. Coloquei o pequeno pedaço de papel no espelho do banheiro para eu me lembrar todos os dias do meu mais que amado pai.

Sempre fui apaixonada pela beleza da minha mãe. Até mesmo quando ficava brava, não deixava sua elegância ir embora. Seu cabelo, sempre arrumado. Nunca a vi sair de casa sem maquiagem. Era a vaidade em pessoa. Trabalhava como supervisora de limpeza de um *shopping center*, passava o dia todo de pé vistoriando o trabalho dos faxineiros e faxineiras. Chegava em casa mais do que cansada, como ela dizia, mas ainda tinha energia de sobra para cuidar da gente, dela e da casa.

Papai e mamãe do meu coração, sempre amarei vocês.

Vocês são os melhores pais do mundo.

CORTAR O CABELO

– Vai aonde, menina?

– Cortar o cabelo.

– Cortar o cabelo? Mas seu cabelo está curto demais.

– Eu sei, vó. Vou só aparar as pontas.

– Deixa que eu corto para você, é de graça, viu? No sítio, eu corto o cabelo daquele povo todo. Não precisa gastar dinheiro, vem.

– Sabe o que é, vó? Eu marquei hora em um salão. Da próxima vez, você corta para mim, ok?

– Que bom que está se cuidando! Estou gostando de ver. Realmente, não adianta ficar chorando pela morte dos pais. Sentir essa dor, minha filha, é normal, mas a vida segue, Joyce.

– Eu ainda choro pela morte deles, vó! E vou chorar por toda a minha vida, você sabe que não está sendo fácil para mim!

– Eu sei, minha filha, mas tenho visto você esses dias todos mais animada, andando com o seu amigo Zé Renato para cima e para baixo. Isso é bom demais.

– É que nós estamos resolvendo uns problemas.

– Que tipo de problema, filha? O advogado do sr. Olívio já não resolveu os documentos do inventário, da pensão e do seguro do carro?

– Sim... não... quer dizer...

– O que mais você precisa resolver que eu não estou sabendo?

Estava certa de que deveria contar à minha avó toda a verdade, que ela iria me ajudar. Mas naquele momento não tive coragem e decidi não falar nada sobre o fato de a mãe da Emilly ter recebido dinheiro do meu pai, mensalmente, por tantos anos. No momento certo, contaria à avó que tanto amo a nossa nova descoberta, ou melhor, a nossa nova grande e misteriosa dúvida. Depois conversaria com a mulher que me ensina na prática que colhemos o que plantamos. Agora, eu mesma precisava agir.

– Tchau, vó, vou chegar atrasada – despistei.

– Me fale uma coisa, Joyce, você e o Zé Renato estão namorando?

– Namorando?

– Sim, namorando, ficando, amizade colorida, sei lá como vocês chamam isso hoje em dia.

– Não, vó! O Zé Renato é só meu amigo.

– Sabe, Joyce, eu gosto dele! Ele é bem esquisito, é verdade... um pouco estranho, mas dá para ver que é um bom rapaz. Abra seu coração, filha, ele pode te ajudar.

– Nem vem com essa história de namoro, nem com Zé Renato, nem com ninguém! – falei indignada ao ver a minha avó tentando me arrumar um namorado.

– Não está mais aqui quem falou. Vá, minha filha, vá cortar o seu cabelo e mande um abraço para o Zé Renato. Fale que fiz o bolo de fubá de que ele tanto gostou.

– Você fez um bolo para o Zé Renato?

– Fiz, com coco.

– Por que, vó, a senhora fez um bolo de fubá com coco para o Zé Renato?

– Porque ele gostou do bolo de fubá com coco que eu fiz.

– Tem glúten?

– Claro que não. Aqui nesta casa não tem mais nada com glúten. Até a sua vó é *gluten free*. Vá com Deus, minha filha, vá com Deus.

Ainda bem que a minha vó estava aprendendo a cozinhar sem farinha de trigo. Realmente o bolo de fubá dela ficava uma delícia, bem melhor do que os bolos que os meus pais tentaram fazer. Com certeza, se eles estivessem por aqui, também estariam craques na culinária sem glúten.

Bolo de fubá com coco para o Zé Renato... Era só o que me faltava!

A PRÓXIMA CLIENTE

No aconchegante salão de beleza havia três clientes mulheres. Uma delas fazia as unhas e as outras duas cuidavam dos cabelos. Fui em direção à atendente e disse que tinha hora marcada.

Ela me indicou em qual cadeira deveria aguardar. Cada segundo que passava parecia uma eternidade. Saindo por uma porta, apareceu uma mulher jovem, bonita, que colocava alguma coisa na boca, talvez um pedaço de maçã. Ao me ver, ficou espantada, parada como um poste atrás de mim.

Por que Carmem havia ficado desconcertada quando me viu pelo reflexo do espelho?

Ela, que já havia engolido o pedaço da fruta, dirigiu-se até a atendente e perguntou se seria eu a próxima cliente. Claro que não ouvi essa conversa, mas, observando sua postura, pude perceber exatamente isso.

– Olá. Tudo bem? – disse Carmem limpando a mão na calça.

– Mais ou menos – respondi olhando seu reflexo.

– Por que, querida? Com um cabelo lindo como o seu, não tem o que estar ruim.

– É que eu tenho uma dúvida.

– Toda mulher tem dúvida quando o assunto é cabelo, querida.

– O meu assunto não é cabelo.

– Não? Sua dúvida é sobre o quê?

– Dinheiro.

– Então não podemos te ajudar, querida. Aqui ninguém tem dinheiro – sorriu sem graça Carmem Souza Santos.

– Você me conhece?

– Eu?

– Sim, você já me viu alguma vez?

– Olha, querida, a gente que trabalha em salão de beleza sempre vê muita gente...

– Não é daqui que você me conhece. Minha mãe me levava em outro salão.

– E por que levava? Ah, sim. Meus sentimentos! Sinto muito pela morte dos seus pais.

– Como sabe que meus pais morreram?

– Não! Não sei de nada!

– Sabe, sim, de onde você os conhecia?

– Eu não conheço ninguém, Joyce!

– Ei, você sabe o meu nome! Falou "Joyce".

– Eu? Claro que não sei.

– Você falou "Joyce".

– É... sabe o que é... que eu... li na sua ficha de cadastro. Desculpa, Joyce, não consigo cortar o seu cabelo.

A mãe da Emilly começou a chorar sem parar. Eu permaneci na cadeira enquanto ela se sentou no sofá. Seu choro corria solto. Todos me olhavam pensando quem seria essa menina louca que fez a divertida Carmem se debruçar em prantos. Outras funcionárias que trabalhavam no salão correram para confortá-la.

Seu choro, que começou contido, ficou descontrolado e foi suficiente para parar todo o salão de vez. Eu não sabia no que pensar. Somente queria saber quem era aquela mulher! As funcionárias e clientes do salão começaram a me encarar como se eu fosse obrigada a dar alguma explicação.

Não tive outra ideia a não ser sair de lá. Correndo, é claro. O que eu iria fazer? Quebrar a roda que estava em volta dela e perguntar por que ela chorava tanto? Arrancar as mãos do seu rosto e dizer: "Olha para mim! O que significam os depósitos que o meu pai fazia todo mês na sua conta?"

Não tive coragem. Corri mesmo.

Sai de lá cheia de dúvidas, mas com uma certeza. A mãe da Emilly, além de adorar usar a palavra "querida", tinha alguma relação com os meus pais, caso contrário não faria aquele escândalo de parar o salão de beleza quando me viu. Como eu nunca soube disso?

Mandei uma mensagem para o meu melhor amigo contando o que havia acontecido. Ele respondeu em menos de dez segundos:

Vou para sua casa agora, tenho um plano.

O MECÂNICO DE AUTOMÓVEIS E A LÍDER DA EQUIPE DE LIMPEZA

Desde quando eu era criança, ficava pensando como duas pessoas tão diferentes poderiam se apaixonar intensamente. O divertido mecânico de automóveis casado com a séria líder de equipe de limpeza de um *shopping center*. Diziam que nem eles sabiam como esse amor havia dado certo. Parece que as únicas coisas que tinham em comum eram a vaidade e o amor por mim.

Meu pai brincava que o amor deles já estava escrito nas estrelas. Minha mãe dizia que somente ele poderia aguentar o (mau) humor dela. Será que um dia vou encontrar um amor assim, diferente, mas, ao mesmo tempo, verdadeiro?

Mas não era essa a dúvida que me deixava aflita. Minha pergunta era outra. Qual seria a relação do meu pai com a mãe da Emilly?

Estava certa de que descobriria com a ajuda do meu maravilhoso amigo de cabelos cacheados e sempre desarrumados.

* * *

— Meu plano é o seguinte: amanhã, depois da escola, nós vamos ao salão da mãe da Emilly e vamos perguntar sobre os depósitos. Você vai falar com ela e eu entro com o celular na mão, gravando tudo – explicou Zé Renato.

— Nem pensar! Eu não tenho coragem de fazer isso.

— Falta coragem para filmar? Eu vou filmar!

— Por que não posso só falar com ela? Por que você quer gravar a conversa?

— Não sei, Joyce! Mas sinto que devemos registrar esse encontro, pode ser uma garantia para o futuro.

— Ai, meu Deus, que medo, amigo!

— Medo do quê, garota?

— Sei lá... Sabe... quando a Carmem estava chorando no sofá, com aquelas pessoas todas me olhando, senti que ela era uma pessoa muito próxima a mim, mesmo eu nunca tendo visto sua axila mais clara ou mais escura.

— Só você, Joyce, consegue ter senso de humor em uma hora dessas.

— Vamos comer pipoca com cúrcuma – falei indo para a cozinha.

– Pipoca com cúrcuma? Como assim, Joyce? Eu falo o meu plano, você não diz o que vai fazer e ainda quer comer pipoca?

– Vamos comer, Zé Renato, é sem glúten – respondi ao amigo mais querido do mundo.

– Sim... é sem glúten, eu sei. E o meu plano? Vamos ou não vamos entrar no salão com o celular na mão, gravando?

Liguei meu celular e na rede social havia uma solicitação de amizade:

Carmem Souza Santos quer ser sua amiga.

Eu nunca recusava um pedido de amizade que aparecia no meu perfil. Não me preocupava se conhecia ou não a pessoa. Achava o máximo ter vários amigos nas redes sociais que curtiam as minhas publicações, até porque eu não era de fazer muitas amizades na vida real. Essa foi a primeira vez que eu não sabia se aceitaria ou não a solicitação de amizade de alguém.

Também não estava certa se iria seguir o conselho do meu amigo e entrar no salão de beleza da mãe da Emilly com o celular gravando a nossa conversa.

– Joyce, eu estou falando com você, preste atenção. Para de mexer no celular e me diga se devo ir com você ao salão ou não.

– Olha só quem quer ser minha amiga – falei mostrando o celular para ele.

– Não acredito! Que mulher cara de pau. Você não vai aceitar o pedido de amizade de Carmem Souza Santos! Ou vai?

A única certeza que eu tinha naquele momento era de que a pipoca com cúrcuma estava uma delícia. Ótima dica culinária da minha amada avó, que diz que cúrcuma é muito boa para a saúde.

– Joyce, não adianta fingir que eu não existo. Você deve parar com essa mania de aceitar toda solicitação de amizade que recebe. Não me olhe assim, Joyce, por favor, fale que não vai aceitar essa amizade!

Zé Renato ficou tão bravo com o meu silêncio que cruzou os braços feito uma criança birrenta e nem quis provar a pipoca. Melhor para mim! Comi tudo sozinha.

O DIA SEGUINTE

O dia seguinte na escola foi completamente diferente de todos os outros.

Emilly não deixou de fazer suas ofensas bobas, sempre buscando a cumplicidade do seu grupinho. Com Zé Renato, ela não fez nada, pois ele estava na semana de trégua. Que jogo mais babaca essa garota foi inventar, e ainda diz que isso é só pura diversão!

Simplesmente, eu não reagi a suas provocações.

– Aceitou o pedido de amizade da Carmem? – perguntou Zé Renato, depois que a aula começou.

– Ainda não!

– Que bom. Sempre falo para você não aceitar o convite de quem você não conhece.

– Mas eu a conheço.

– Eu sei, mas a Carmem é a Carmem! Mãe da Emilly, entendeu? É melhor você não aceitar.

– Sabe, Zé Renato, eu sinto falta do seu silêncio.

– O quê? Como você quer que eu fique calado quando vejo você nessa situação? Vai me deixar ir com você e fazer a gravação? Se você não responder agora, vou ter um troço.

– Amigo, vamos prestar atenção no que o professor está falando, já começou a aula – falei, virando-me para a frente para ouvir a explicação.

A aula era de Língua Portuguesa, e o professor falava sobre organização textual. Eu não tinha qualquer organização dentro de mim, apenas queria entender o que significavam todos aqueles depósitos do meu pai na conta da mãe da Emilly. Eu nem sabia que eles se conheciam.

Era tudo o que precisava descobrir.

A SALA DA MANICURE

Não acatei o pedido do meu amigo que usa óculos de aro preto e fui sozinha ao salão onde trabalhava Carmem, a cabeleireira chorona que publica foto do antes e do depois do clareamento do próprio sovaco. Ela conseguiu um horário para conversarmos no meio da tarde. No segundo andar, entramos na sala desocupada da manicure.

– Eu sabia que isso iria acontecer mais cedo ou mais tarde – disse a mãe da Emilly.

– O que significam os depósitos que o meu pai fazia para você?

Carmem disse para eu me acalmar e que explicaria tudo, mas que queria que mais alguém participasse da conversa. Não entendi. Quem mais deveria participar? Só eu precisava saber toda a verdade.

Carmem Souza Santos abriu a porta da sala da manicure e milhares de borboletas tremeram na minha barriga, minhas pernas bambearam e minha boca secou. Fiquei sem saber o que fazer. Como eu fui tola! Deveria ter aceitado a companhia do Zé Renato.

– Emilly?

– Não, sua tonta! É o Napoleão! – ironizou minha melhor inimiga.

– Chega, Emilly, vamos conversar civilizadamente – determinou Carmem. – O que eu tenho para dizer, Joyce, não é nada fácil. Você vai precisar de maturidade para entender.

Como? Quem é essa mulher me pedindo para ter maturidade? Ela posta fotos na rede social do clareamento do próprio sovaco e quer que eu seja madura? Isso sem falar que mostra a língua em 35% das fotos que publica. Quem precisa ser madura aqui, dona Carmem?

– Vou respirar fundo para te contar toda a verdade, Joyce. Eu e sua mãe engravidamos na mesma época – prosseguiu Carmem. Emilly apenas observava a mãe falando.

– Se eu e a Emilly temos a mesma idade, não precisa ser nenhum gênio para descobrir isso – ironizei.

– O que você não sabe é que, antes de o seu pai descobrir que a sua mãe estava grávida, eles se separaram por um tempo.

– É impossível – resmunguei. – Meus pais nunca se separaram, se amavam demais. As brigas deles não passavam de um dia.

– Eu sei. Mas, naquela época, antes de você nascer, eles se separaram por um tempo, acredite.

– Eles nunca me falaram isso!

– Ninguém soube disso. Afinal, eles formavam o casal perfeito – continuou Carmem, observada por mim e pela Emilly. – Eles nunca contaram nada para ninguém porque foi uma separação bem curta mesmo.

– Por que devo acreditar em você, Carmem? Eu nem te conheço. Como você sabe tudo isso da minha vida? Da vida dos meus pais?

– Joyce, por favor, escute. Chegou a hora de você saber a verdade. Quer um copo de água? Emilly, vá pegar um copo de água, por favor.

– O que, mãe? Eu pegar água para a Joyce? Nunca!

– Eu é que não iria beber dessa água envenenada!

– Vamos parar com isso! Ouça, Joyce! Naquele tempo, quando seus pais se separaram, eles não sabiam que a sua mãe estava grávida.

– Mas o que isso tem a ver com o fato de você receber dinheiro do meu pai todo mês? É isso que importa.

– Há 12 anos, Joyce, seu pai deposita, quer dizer depositava, na minha conta o valor de um salário mínimo.

– Eu vi todos os recibos, estavam todos separados por mês, por ano. Por que ele fazia isso? Ele te conhecia? Eu não entendo...

– Eu tinha acabado de chegar do interior do Ceará para morar com a minha tia, era jovem demais e não conhecia ninguém aqui na cidade grande. Foi quando encontrei seu pai na feira livre. Ele puxou conversa, me paquerou. Eu disse que não queria nada com homem que fosse comprometido. Ele jurou que estava separado. Eu achei ele um homem bonito, ficamos juntos uma vez só e engravidei.

– Você está dizendo que ficou com o meu pai uma vez só e a Emilly nasceu? Quer dizer que a garota que me atormenta é minha irmã? Acha que eu vou acreditar nessa história maluca? Já não basta sua filha fazer *bullying* comigo, agora a mãe também quer me azucrinar? Vocês são loucas! Isso deve ser alguma pegadinha, não? Cadê as câmeras? Que história mais sem noção!

Preparei-me para sair, mas Carmem me segurou pelo braço e pediu para eu ouvir mais um pouco. Olhei nos seus olhos, olhei para Emilly e senti que o assunto era sério mesmo.

– Fala a verdade – pedi.

– Eu te disse a verdade, querida.

– Quantas vezes você ficou com o meu pai?

– Uma vez só.

– Vocês ficaram só uma vez e ela nasceu? Impossível! – falei encarando Emilly, que bebia a água que ela mesma tinha buscado.

– Na verdade, Joyce, ele me procurou mais uma vez para dizer que havia decidido voltar para a sua mãe. A partir daquele dia, não nos falamos mais. Só fui procurá-lo anos depois para dizer que tinha uma filha dele.

– Eu não acredito em você – gritei com a mãe da Emilly e abri a porta para sair.

– Você não precisa acreditar na minha mãe. Veja esta carta que seu pai mandou para mim no final do ano passado – Emilly me entregou uma carta escrita com caneta preta, a cor de tinta preferida do meu pai.

PARA MINHA FILHA

Querida Emilly,

Entendo que não queira falar comigo.

Não fiquei bravo com você por me expulsar da sua casa e atirar uma cadeira em mim. Apenas quero falar o que não foi possível no nosso único encontro.

Quando conheci a sua mãe, eu estava separado da minha esposa. Foi uma separação rápida, coisa de jovens. Nós nos amávamos, tanto que voltamos a viver juntos em seguida.

Somente cinco anos depois, sua mãe falou sobre você. Eu fiquei sem chão, sem saber o que fazer. Como iria explicar para minha esposa que eu tinha outra filha? Além do mais, sua mãe achou melhor eu não me aproximar e falou que continuaria a dizer a você que seu pai havia ido embora antes do seu nascimento.

Só Deus sabe o que tenho passado nesses 12 anos! O valor de um salário mínimo que venho depositando na conta da sua mãe é muito pouco. Quero fazer mais por você, quero consertar o erro que fiz na juventude. O erro não foi ser seu pai, o erro foi não ter tido coragem para assumir você quando eu soube a verdade, quando você tinha 5 anos.

Agora estou preparado, Emilly. Gostaria de chamá-la de minha filha daqui pra frente. Me dá essa chance, por favor?

Espero que você não seja covarde como eu fui e que seja forte como a Joyce é. Quem sabe vocês não ficam amigas? É tudo o que mais quero.

Um beijo

Seu pai.

Com a carta nas mãos, saí correndo da sala da manicure. Dessa vez, foi meu choro escandaloso que assustou a todos no salão de beleza.

Ao chegar em casa, percebi que havia tirado sangue do pescoço de tanto coçá-lo.

SEBÁ SEM REAÇÃO

Atravessei o portão da escola feito um furacão. O segurança ainda tentou me dar bom-dia, fazendo uma piadinha com o meu atraso, mas o homem tirou o sorriso da cara e se arrependeu da brincadeira que havia feito quando viu que eu estava realmente brava.

Entrei na sala de aula e chutei uma mochila que estava na minha frente. Quem eu procurava estava no fundo. Era nítido que eu não iria sentar no meu lugar.

– Joyce, o que aconteceu, por que está assim? – assustou-se Zé Renato.

Passei batido e fui para o fundo da sala.

Olhando fixamente para Emilly, soquei a cara dela. Foram dois socos, na sequência. Ela caiu da cadeira e eu fiquei olhando minha mão, que doía.

O silêncio imperava e todos se perguntavam o que tinha acontecido comigo. Zé Renato foi correndo me segurar. Até o Sebá ficou sem reação.

– Levanta, sua tola – falei firme para Emilly.

– Você está louca, Joyce? Sabe que eu posso bater em você.

– Não pode, não! Agora quem vai acabar com você sou eu! Emilly levantou assustada, com o rosto machucado.

– Aquela casa é minha, entendeu? Você não pisa lá, nem a louca da sua mãe entra naquela casa.

– Do que você está falando? Eu nunca entrei na sua casa e nem pretendo ir.

– Sabe o que eu vou fazer com esse documento que recebi do juiz?

– Que documento, Joyce?

– Não se faça de idiota, Emilly. Vou rasgá-lo, pois para mim não tem valor algum.

Rasguei o documento e deixei os pedaços para Emilly montar depois que pusesse gelo no rosto. Não esperava que logo após a nossa conversa na sala da manicure fosse receber essa notificação.

Olhei a minha unha, realmente precisava de um trabalho de manicure. Machucava o pescoço de tanto coçar. Mas eu que não ia fazer as unhas no mesmo salão da mulher que posta fotos do antes e do depois do clareamento do sovaco.

Tribunal de Justiça do Estado

Foro Central Cível

Centro Judiciário de Solução de Conflitos e Cidadania

Reclamação número:
00119125.2.57.01322.249.358.96

Reclamação pré-processual

Reclamante: Carmem Souza Santos

Reclamada: Joyce da Silva Chaves

Seja bem-vindo ao Centro Judiciário de Solução de Conflitos e Cidadania!

Sua Audiência de Conciliação está marcada na sala 08.

A reclamante requer uma conversa amigável com a reclamada a fim de acertarem a partilha do imóvel residencial, em nome dos falecidos pais da reclamada.

Agradecemos sua escolha para a tentativa de solução do seu conflito.

O QUE É REALMENTE IMPORTANTE?

É engraçado como os adultos pensam que só coisas burocráticas são importantes. Doença celíaca, inventário dos pais, pensão do governo, documento do Centro Judiciário de Solução de Conflitos e Cidadania etc.

A saudade que sinto dos meus pais não importa?

Sinto falta de fazer coisas bobas, nós três juntos... Assistir a um filme comendo pipoca, comer pizza aos sábados à noite depois que a minha mãe saía do serviço. Lembro-me de brincarmos com ela para comermos na praça de alimentação do *shopping* e ela dizia que "nem pensar", que queria sair dali correndo, caso contrário teria algum problema na limpeza na sua hora de folga que ela precisaria resolver entre uma garfada e outra. Eu sei que mesmo se fossem vivos não poderíamos ir a uma pizzaria, mas eu estaria com eles, e isso seria mais importante do que comer ou não o bendito glúten.

Não é o inventário que merece cuidado especial, é meu coração. Problema que nenhum médico ou advogado pode resolver.

* * *

Na mesma manhã fui falar com o dr. Sandro para ele me explicar o que significava aquele documento que eu rasguei na frente da Emilly.

– O que faz aqui a esta hora, Joyce? Pelo que sei, é seu horário de estudo – disse o dr. Sandro com carinho.

Contei que havia dado dois socos na Emilly e mostrei a foto do documento que estava no meu celular.

– É isso mesmo, Joyce, hodiernamente, de acordo com as normas legais que regem o Código Civil Brasileiro, a senhorita Emilly e a senhorita Joyce necessitam corroborar a comum paternidade, independentemente da condição socioafetiva deveras nunca estabelecida entre as partes.

– Pode falar em português, por favor? – não entendo por que um advogado tão jovem gosta de falar tão difícil!

– Joyce, se for comprovado por meio de um exame de DNA que vocês são irmãs, a Emilly terá direito a 25% de todos os bens que o seu pai deixou.

– Ela vai ficar com a metade de tudo que eu tenho?

– Vai ficar com a metade da metade, ou seja, 25%. A parte da herança da sua mãe não entra na partilha. Como ela é sua irmã só por parte de pai, então ela tem direito somente à metade dos bens do seu pai.

– Era só o que me faltava: dividir minhas coisas com a garota que mais me ofende na escola!

– Nessa reunião, eles vão pedir para você fazer o exame de DNA só para comprovar, com valor jurídico, que vocês são irmãs por parte de pai.

– Sou obrigada a fazer este exame, doutor?

– Você não é obrigada, mas, se recusar, elas podem entrar com um processo contra você, e, nesse caso, as custas seriam altas. Como você me disse que tem certeza de que ela é a sua irmã, não vale a pena recusar.

– Como é feito esse exame?

– Muito simples. Eles colhem uma amostra da sua saliva e comparam com a saliva dela.

– Só comparando as salivas saberemos se somos filhas do mesmo pai?

– Exatamente, Joyce. Aconselho você a fazer o exame e um acordo com elas.

Parece que, depois da morte dos meus pais, o mundo resolveu explodir. Dr. Sandro ainda me orientou para que, da próxima vez que eu recebesse um documento importante, conversasse com ele antes de sair batendo nas pessoas.

Após ler e reler a carta escrita à mão do meu pai para a Emilly, estava certa de que éramos irmãs, por mais difícil que fosse aceitar. Era a letra do meu pai, ele sempre escrevia com caneta de cor preta. Tudo fazia sentido. Ela começou a fazer *bullying* comigo depois que o meu pai foi lá falar com ela, que queria assumi-la como filha. Na verdade, ela tinha raiva do meu pai, que morreu em seguida, não de mim. Na minha cabeça ainda tinha uma esperança de que o teste da saliva desse negativo e que tudo isso não passasse de um pesadelo, mas, no fundo, meu coração sabia que Emilly era mesmo minha irmã.

Passei na farmácia para comprar outra pomada para alergia. Não deixei de pensar no sr. Olívio, que, além de pagar o advogado, ainda me ligava para saber como eu estava. Como diz a minha amada avó, "tem gente boa neste mundo, minha filha".

* * *

– Vó, preciso te contar uma coisa muito importante.

– Que bom, minha filha, que já está pronta para falar.

– Como sabe que eu tenho alguma coisa para falar?

– Joyce, querida, sabe por que sua mãe decidiu deixar o sítio no interior para morar aqui na cidade grande?

– Ela falava, vó, que o sonho dela era trabalhar em um *shopping center*...

– É verdade, ela dizia isso para todo mundo. Mas, no fundo, sua mãe não tinha paciência para cuidar da plantação. Ela era muito apressada, vivia agoniada com tudo, e quem vive assim não consegue observar os detalhes, não tem tempo nem de respirar direito. Eu colho tudo no ar, minha filha, e sei que tem alguma coisa errada com você. Só estava esperando você falar comigo.

– Verdade – sorri.

– Lá no sítio, a paciência faz parte da nossa rotina. Só colocamos adubo orgânico nas plantas, nunca veneno. Teve um dia, sua mãe não tinha 7 anos, em que a vi brigando com um pé de mexerica, falando para a árvore que ela tinha que dar as frutas logo, que ela queria comer naquele instante, pode?

Demos risada.

– Sua mãe, Joyce, não sabia esperar. Você é como eu. Sabe aguardar as coisas acontecerem. Se já está pronta, pode dizer, minha filha.

– Vó, tem uma aluna da minha classe...

– A Emilly, não?

– Sim, ela. Como você sabe?

– Você não para de falar dela com o seu amigo. Todas as paredes da casa a conhecem.

– O que mais você sabe, vó?

Minha avó fez sinal para eu continuar. Sábia.

– Desde o ano passado, ela começou a me provocar, a fazer umas gracinhas comigo na frente dos outros.

– Isso se chama *bullying*, Joyce...

– Então, vó, eu não sabia o motivo dessa bobeira dela, mas agora eu sei. A Emilly, vó, que tanto me atormenta é, na verdade, minha irmã, vó... – dei um abraço apertado na minha avó e comecei a chorar. Não foi preciso ela fazer nenhuma pergunta. Ela esperou que eu recuperasse o fôlego para explicar todos os detalhes do que estava vivendo. A cada nova revelação que ela ouvia, ela simplesmente abria os braços para eu chorar com conforto.

Falei que meu pai só soube que era pai da Emilly quando ela tinha 5 anos, contei que, pouco antes do acidente, meu pai foi falar com ela para tentar uma aproximação e que a Emilly jogou uma cadeira nele. Mostrei a carta que ele escreveu para ela. E chorei, chorei, chorei. E terminei cochilando no colo da mulher que realmente domina a arte de escutar e, como eu, adora o cheiro de lavanda.

CONCILIAÇÃO

Zé Renato fez questão de nos acompanhar até o Centro Judiciário de Solução de Conflitos e Cidadania. Ele ficou na lanchonete da esquina nos esperando, enquanto eu, minha avó e o dr. Sandro entramos para enfrentar a loucura da Emilly e da sua mãe.

O conciliador apresentou-se e disse que o objetivo seria sair daquela reunião com o acordo feito.

– Eu não tenho acordo nenhum com essa gente. Elas são malvadas e querem acabar com a minha vida. Perdi os meus pais, e esta garota me ofende todo santo dia. Agora elas resolveram roubar até a minha casa! – gritei, coçando o meu pescoço.

Minha avó segurou a minha mão. Era como se me dissesse "respire, minha filha".

– Calma, Joyce – pediu suavemente o conciliador. – Nós estamos aqui para ajudar a família de vocês a resolver a questão.

– Que família? Elas não são a minha família! Se quer saber, senhor conciliador, esta garota, desde o dia em que descobriu ser minha irmã, não perdeu um segundo da sua existência sem me atormentar.

O conciliador me ouviu atentamente e falou que iríamos ouvir a dona Carmem, que, surpreendentemente, segurou a minha mão como se eu fosse uma amiga íntima. Claro que eu me afastei. Que nojo segurar na mão dessa mulher!

– Joyce, querida, você precisa entender...

– Não me chame de querida, eu não sou sua querida!

– Você precisa entender – Carmem prosseguiu – que, na vida, nem tudo é do jeito que queremos. Para mim, também não foi fácil criar Emilly sem um pai, sabendo que o pai dela estava ali perto, morando na rua de cima.

– Ele era o meu pai, entendeu? O meu pai! Mas agora ele está morto e nem posso ouvir a versão dele dessa história toda.

– Não, Joyce, ele era pai da Emilly também – completou a minha avó.

– Até você, vó, está do lado dessa gente?

– Não é questão de ficar do lado de um ou de outro, Joyce! O mais importante é que a justiça dos homens seja feita, porque a justiça divina sempre é maior.

– Joyce, sabe o que vai acontecer agora? – disse o conciliador após explicar mais uma vez o nosso caso.

– O que eu vou fazer? Cortar a minha casa em quatro pedaços e dar uma parte para esta maluca?

– Esta não seria uma boa solução, você não acha?

Eu apenas acenei que sim.

– Moço, posso ir embora?

– Pode, Joyce, não podemos obrigar você a nada. Se fizermos o acordo por aqui, não haverá custos. Se sair agora, o processo pode correr pela Justiça, custar caro demais e você terá de pagar.

Minha avó passou a mão nas minhas costas para me lembrar de respirar.

– Você sabia – continuou o conciliador – que o dinheiro que o seu pai depositava para a Carmem era usado para pagar o aluguel? Com a morte do seu pai, ela está com dificuldade para quitar suas dívidas.

– Eu não tenho nada a ver com isso. Ela que se vire com as suas contas.

– O que eu ganho é tão pouco que não dá nem para as despesas de casa – argumentou Carmem.

– Uma pergunta, há a possibilidade de vocês morarem juntas? – consultou o conciliador.

– Nem pensar – eu e Emilly falamos ao mesmo tempo.

* * *

Foi o pior dia da minha vida. Concordei em fazer o exame de DNA e, caso o resultado desse positivo, daria para a Emilly

25% do valor da casa quando ela fosse vendida. O imóvel que meus pais construíram com tanto esforço seria cadastrado em várias imobiliárias para venda. Se os meus pais estivessem vivos, nada disso estaria acontecendo. Meu pai, como um ótimo mecânico, consertaria esse enrosco e minha mãe, como uma mestra em limpeza, não deixaria nenhuma sujeira nessa situação.

Eu, que já havia perdido os pais, ia perder a casa também? Zé Renato nos esperava na lanchonete da esquina. Pedi que a atendente colocasse mais gelo no suco de laranja. Encostei o copo gelado no pescoço para refrescar a coceira.

Tentativa inválida.

Meu amigo não fez uma pergunta sequer, não quis saber de detalhes, apenas estava lá. Era tudo o que eu precisava. Que lindo amigo eu tenho.

E o dr. Sandro, que gostava de falar um português complicado, despediu-se dizendo "valeu, galera, até já já".

AGROTÓXICO

– Joyce, põe uma coisa na sua cabeça: por mais difícil que seja aceitar, você e a Emilly são irmãs. Por lei, ela tem direito a 25% desta casa.

– Não tem, não! A casa é minha, dos meus pais.

– É a lei, minha filha, não tem como reclamar. E olha que elas só querem ficar com a parte da casa. O dinheiro do carro que você vai receber da seguradora ficará só para você.

– Como vou dar 25% da casa para ela, vó?

– Não sei, minha filha, não sei... Como disse o conciliador, você pode vender a casa, pagar a parte dela e vir morar com a gente no sítio. Com o dinheiro que sobrar, dá para comprar um bom pedaço de terra e ficamos todos juntos.

– Vó, eu não quero morar no sítio. Já falei mais de mil vezes. Eu amo todos vocês, mas não aguentaria viver plantando lavanda, tomate e caqui o resto da minha vida.

– Então compre outra casa por aqui, menor do que esta.

– Tudo o que eu não queria que acontecesse, aconteceu. Não bastasse perder os pais, a saúde, agora vou perder a minha casa.

– Joyce, que conversa é essa? Você não perdeu a saúde! Você tem doença celíaca, só isso. Muita gente tem e não sabe. Graças a Deus você descobriu a tempo. É só ficar atenta com o que come e aprender a cozinhar que vai dar tudo certo. Mas eu estou começando a me preocupar mesmo é com essa sua alergia no pescoço, minha filha. Não há pomada que resolva.

– Não é nada, vó! Eu fico nervosa com essa história toda, é só isso.

– Vá ao médico, minha filha. Ele pode receitar um remédio para acabar com essa coceira de uma vez.

– Não quero saber de médico agora, vó. Essa coceira no pescoço só piora quando eu tenho de olhar para as duas malucas que querem tomar o que é meu.

– Eu sei que não é fácil, mas é assim mesmo que Deus faz, escreve certo por linhas tortas.

– Vó, me fale sobre Deus – pedi, deitando-me em seu colo.

– Olhe para o seu quintal, minha filha. Vê como cada plantinha cresce a cada dia? Não tem esforço nenhum. Elas não pensam, apenas seguem o rumo natural. E o que acontece quando a gente corta uma planta para comer? Nasce de novo, mais forte. O que acontece quando a florzinha da lavanda morre? Tem que tirar para nascer outra, não é? A flor que vai nascer ninguém vê, mas já está lá. Deus é tudo isso que a gente vê e o que não vê, Deus está em todas as coisas e em todas as pessoas.

– Deus também está na Emilly e na Carmem?

– Sim, Joyce, elas também são filhas de Deus.

– Mas eu não acho justo elas quererem ficar com a minha casa. Terei de perder a última lembrança dos meus pais?

– Você agora está se sentido traída, é normal pensar assim. Tudo é muito recente, Joyce. Mas faça um exercício e tente se colocar no lugar da Emilly.

– Como assim?

– Imagine que você é ela. Vamos, feche os olhos. Você cresceu ouvindo sua mãe dizer que seu pai te abandonou ainda quando estava na barriga.

– Que horror, vó!

– Como você está se sentindo?

– Triste, muito triste. É por isso que ela é tão amarga assim? Por isso que ela é triste?

– E tem mais, você não sente falta de ouvir a versão do seu pai dessa história?

– Muita.

– Imagine a Emilly, que só com 17 anos de idade soube que o pai existia, que morava perto e que morreu dias depois. Ela nem teve tempo de conhecer o pai direito. Só falou com ele uma única vez!

Chorei. Minha vó me deu um beijo na testa.

– Sabe uma coisa que eu aprendi nesses anos todos trabalhando com agricultura orgânica? A natureza não dá saltos. Se o tomate pegar bicho, não adianta colocar remédio químico, que vai matar tudo rápido, mas também vai deixar a comida envenenada. É preciso resolver com sabedoria. Se a praga quer se alimentar, a gente põe na terra alguma folha para ela comer ou coloca fumo, que afasta o bichinho do tomate. Isso é natural, minha filha. Você entende? Você tem de aceitar o que Deus preparou para você. Mais tarde a resposta vai aparecer, não adianta querer saber agora. Desse jeito você só vai conseguir envenenar seu coração. Lembra da sua mãe? Não adianta brigar com o pé de mexerica para comer a fruta antes da hora.

Adormeci no colo da mulher mais sábia que eu conheço.

* * *

O resultado do exame de DNA comprovou o que eu já esperava... e temia.

EU, QUERIDO?

– Ai, Zé Renato, não sei o que eu faria sem você. Como é bom ter você por perto. Você é um amigo querido, mas não precisa se preocupar comigo. Essa coceira é emocional.

– Querido, Joyce? Que estranho! Nunca ninguém me chamou de querido. Agora prenda o cabelo que quero ver o seu pescoço.

– Ninguém nunca chamou você de querido?

– Já me chamaram de estranho, *nerd*, magrelo, magricelo, cabeção, mas nunca de querido.

– Por que será que algumas pessoas fazem *bullying* com outras?

– Para se sentirem melhor, acho. Joyce, você consegue falar sem mexer a cabeça?

– Alguém deve dizer para essas pessoas que ninguém precisa se sentir mal para alguém se sentir bem. E eu achava que todos os meus problemas fossem por causa do *bullying* da Emilly. Aquele jogo imbecil de trégua ou destino é um doce perto de tudo o que estou vivendo agora.

– Eu não esperava que você passasse por tudo isso.

– Nem eu.

– Claro que não dá para justificar, mas, de certa maneira, o fato de ela ser procurada pelo seu pai explica o *bullying* que fazia.

– Pode ser. Imagina, o pai que você nunca imaginou ter aparece de uma hora para outra, quando você já é grande, pedindo desculpas...

– Joyce, você deveria ir ao médico! Essas manchas do seu pescoço estão estranhas, isso não é alergia emocional!

– Não é nada. Eu estou estressada, só isso. Na verdade, estou revoltada com elas, que querem que eu venda minha casa.

– É direito delas, Joyce. Chega! Não aguento mais você falando da venda dessa casa. Vamos resolver o que é importante. Nós vamos ao médico amanhã mesmo.

– Eu vou só para você parar de me encher. Estou com vontade de fazer um bolo. Você me ajuda?

– Claro. Sabe de uma coisa, Joyce? Por pior que as coisas possam parecer, sempre há algo de bom nesse enredo. Você está aprendendo a cozinhar. Quem imaginaria?

– Ninguém! Nem mesmo eu, e olha que estou fazendo coisas deliciosas sem glúten. Claro que a minha amada vó me ajudou, ela sabe cozinhar muito.

– Antes de começar, preciso fazer uma coisa – falou Zé Renato, indo em direção ao portão de entrada e virando a placa de "vende-se" ao contrário.

Demos risadas.

Mais tarde, fiz um bolo muito gostoso, com farinha de amêndoas, maçãs, cravo e canela. Estava uma delícia!

BATERIA DE EXAMES

O que era para ser uma simples visita ao médico virou uma bateria de exames e visitas intermináveis a hospitais e laboratórios.

— Faz tempo que você sente essa coceira? — perguntou o médico.

— Não sei, sempre senti muito calor no pescoço, mas de uns tempos para cá parece que está mais forte.

— Olha, vamos ter que fazer alguns exames, ok?

— O que pode ser, doutor?

— Pegue esta guia. A enfermeira vai acompanhá-la para os exames.

Eu não gosto de gente que não responde ao que foi perguntado. Eu perguntei: "O que pode ser, doutor?". Custava responder?

Passei por vários exames, radiografias, coleta de sangue (a enfermeira coletou mais de 10 tubinhos). Estava certa de que a coceira era emocional, por causa da perda dos meus pais, pelo fato de ser celíaca e pelo *bullying* praticado pela minha meia-irmã. Motivos é que não me faltavam para estar estressada!

* * *

De volta à sala do médico, mais mistério. Ele me deu uma nova guia e pediu para eu falar com um oncologista, que poderia me orientar melhor.

– Oncologista? Por que tenho que falar com um oncologista? Estou com câncer, doutor?

– Não posso dizer nada agora.

– Fala, doutor, se está me mandando falar com um oncologista...

– Olha, Joyce, seu resultado deu indefinido e você vai precisar de outros exames para saber se realmente tem células cancerígenas.

– Eu não tenho nada, doutor! A alteração nos exames de sangue é porque sou celíaca. Deveria ter avisado o senhor sobre a minha doença.

O médico ficou em silêncio. Que raiva! Olhei para ele e nenhuma palavra, nenhum movimento, somente um sorriso tímido para encerrar a consulta.

Saí da sala logo após dizer "muito obrigada, doutor". Não gosto de médico que não fala direito.

– Zé Renato, que perda de tempo! Esse médico é o mau humor em pessoa.

– O que isso tem a ver com a sua coceira?

– Minha coceira é emocional!

– Emocional? O médico falou que essa coceira é emocional? Tem certeza?

– Não falou nada, esse médico não fala direito, pelo amor de Deus! – reclamei, acelerando o passo em direção à saída do hospital.

– Para de andar, Joyce! – gritou Zé Renato, segurando o meu braço. – Você olha para mim e fala o que o médico disse. Você passou a tarde toda no hospital, andando com a enfermeira para lá e para cá, fazendo milhares de exames e agora diz que ele não fala direito?

Entreguei o pedido médico a meu amigo. Ele se assustou quando leu que eu teria de conversar com um oncologista.

Caminhei em direção à saída do hospital, não aguentava mais ficar naquele lugar.

BRINCADEIRAS NOS CAMPOS DE LAVANDA

Zé Renato passou a noite na internet pesquisando sobre o linfoma, e quis me dar uma aula sobre o assunto, dizendo que os tratamentos para esse tipo de câncer estavam avançados e que em no máximo dois anos eu estaria recuperada.

– Está louco, Zé Renato! – reclamei tão alto com meu amigo que todos os outros passageiros do ônibus olharam. – Para com isso! Não tenho câncer nenhum. Só estou indo ao hospital porque você e a minha avó insistiram.

– Eu insisti, Joyce? Como assim eu insisti? Quem deu a guia foi o médico. Por isso estamos indo ao hospital no centro da cidade que é especialista em tratamento de câncer. Eu fiz umas contas, Joyce. Pelo que pude pesquisar, as chances de cura do seu tipo de câncer, claro que se Deus quiser não vai ser nada, é de mais de 90%...

– Chega, Zé Renato. Fica quieto. Não tenho câncer! Entendeu? Não tenho câncer! O resultado do exame deu errado por causa da minha doença celíaca, só isso. Aquele médico não entende nada de distúrbios digestivos relacionados à absorção de glúten.

Minha avó, que estava sentada no banco da frente, fingiu não ouvir a nossa discussão.

Não deixei o meu amigo entrar na sala do médico oncologista. Ele estava mais aflito do que eu.

* * *

Precisei voltar ao hospital referência em tratamento de câncer mais três vezes. Claro que fui só com a minha amada avó. Não aguentaria o Zé Renato com suas estatísticas malucas. Conversei com vários médicos, fiz diversos tipos de exame de sangue, radiografias, tomografias e biópsia.

Fui oficialmente diagnosticada com linfoma. O médico ainda disse que eu estava com muita sorte, pois o diagnóstico havia sido feito precocemente, o tratamento não seria tão prejudicial e em pouco tempo eu voltaria à minha vida normal.

Vida normal? Eu não queria a minha vida de volta. Na verdade, no último ano eu não sabia o que era ter uma vida, muito menos, normal. Perguntei ao médico a causa da minha doença, ele citou pesquisas, estatísticas, dados e mais um monte de coisa que não entendi direito. A causa desse tipo de câncer ainda gera dúvidas na ciência. A própria incerteza sobre a origem do meu câncer trouxe clareza aos meus sentimentos. E por incrível que pareça, "alívio" é a palavra que melhor descreve tudo o que senti. "Alívio? Como uma pessoa que descobre que tem câncer se sente aliviada?". Claro que eu sabia que passaria por um tratamento difícil e dolorido, mas me acalmei ao saber que a coceira do meu pescoço não era "apenas" emocional.

Agora sim, pude chorar tudo o que não chorei com a morte dos meus pais. Passei o dia todo em casa, chorando. Às vezes, o choro era forte, exagerado, como o de uma criança de 2 anos quando não atendem seu pedido. Outras vezes, as lágrimas somente escorriam pelo rosto sem que eu fizesse ruído algum. E eu apenas chorava, em silêncio.

Minha avó respeitou o meu momento da descoberta e não se intrometeu. Já Zé Renato me mandou várias mensagens para saber o resultado definitivo. Não respondi. Então ele mandou mais mensagens perguntando como eu estava me sentindo. Não respondi. Ele ligava e eu não atendia. Depois, esqueci o telefone desligado em algum lugar. O mundo externo não me interessava mais. Precisava ficar comigo mesma, com a morte dos meus pais, com a descoberta da minha meia-irmã, com a casa que seria vendida.

Mas uma coisa nem Emilly nem Carmem poderiam tirar de mim: as lembranças e os aromas da minha infância nos campos de lavanda.

* * *

– Joyce, que história é essa de viajar com sua avó para o sítio? – perguntou Zé Renato, que havia acabado de tocar a campainha e entrar em casa.

Eu havia mandado uma mensagem para ele dizendo que queria passar o final de semana descansando no sítio.

– Quer vir com a gente? Você vai amar o sítio. Eles têm uma plantação de frutas e legumes orgânicos. Ah, e os campos de lavanda são lindos – falei.

– Não posso perder aula amanhã, hoje ainda é quinta-feira.

– Que pena – continuei arrumando minha mala.

– Joyce, estou prestes a ter uma parada cardíaca. Você acabou de voltar do hospital no dia em que receberia o diagnóstico definitivo de câncer e não respondeu nenhuma mensagem ou ligação. Desligou o telefone... Me fala, pelo amor de Deus!

– Falar o quê? Se eu estou com câncer?

– Claro, mulher!

– Que diferença faz? Vai deixar de ser meu amigo se eu estiver doente?

– Não, claro que não! Você sabe que nunca deixaria de ser seu amigo, mas quero saber se você tem câncer.

– Já estou pronta – disse a minha avó. – Vamos, Joyce, todos no sítio vão amar ver você.

– Tchau, Zé Renato. Se decidir ir amanhã, me avise. Meu amigo ficou com cara de quem não estava acreditando que eu iria ao sítio sem falar com ele.

Pegamos o ônibus até a rodoviária, que estava começando a encher com pessoas saindo de seus trabalhos. Todos com cara e ar de cansaço.

Chegamos à rodoviária e entramos em outro ônibus quase vazio, que nos levaria até onde ficava o sítio, lugar em que passei todas as minhas férias brincando de me esconder nos campos de lavanda. Ali, naquela terra sem agrotóxico, ao lado da minha família, iria descansar e pensar em tudo o que a vida estava me preparando. Ninguém perguntou sobre a doença. Na certa, minha avó mandou mensagem para que eles não tocassem no assunto. Como chegamos bem tarde da noite, só tomamos uma sopa (claro que em cima da mesa havia um vasinho com um galho de lavanda com flor) e fomos dormir.

Era muito bom estar em família, respirando ar puro depois de descobrir que estava com linfoma.

Adormeci com um galhinho de lavanda embaixo do travesseiro.

CAFÉ DA MANHÃ

Memórias da minha infância foram acesas quando vi a família reunida na mesa do café da manhã. A cozinha é tão grande quanto o amor que sinto por todos eles. Meus primos, que eram um pouco mais jovens do que eu, meus tios e tias me abraçaram forte, como se esperassem que eu dissesse algo sobre a minha doença. Há coisas que não precisam ser ditas quando o silêncio fala mais do que as palavras.

Zé Renato não havia mandado mais nenhuma mensagem, ele devia estar bravo por eu não ter respondido se estava com câncer. Conheço o meu amigo, quando fica bravo, fica birrento, temperamental.

– O que estão fazendo aí, com cara de lavanda seca, no meio da cozinha? Vamos, gente! Quem já tomou café, se manda. Tem muita coisa para fazer lá fora. Vamos, pessoal! – ordenou a minha vó, para que todos saíssem da cozinha.

Passei a manhã replantando mudas de lavanda. Como é lindo ver as pequenas mudinhas (algumas já têm até flores), que cresceram em um pequeno saco preto, serem colocadas na terra para a magia da natureza entrar em ação. Sempre gostei de lidar com as plantas em silêncio, porque os pensamentos se limpam quando as mãos estão sujas de terra.

– Sabe o que preparamos para você almoçar, Joyce? – disse minha avó.

– Almeirão-selvagem refogado com cebola roxa!

– Sim!

– Que delícia! Saudades desse almeirão, gente! Na cidade, não acho para vender de jeito nenhum. Em casa, a vó plantou duas mudas em vasos. Pegou que foi uma beleza, estão lindos demais.

– Só dois pés, Joyce? Não dá nem para uma torta! – brincou um dos meus primos.

– Por isso que vou comer tudo sozinha! Pessoal, quero muito agradecer todo o carinho de vocês. Mesmo estando longe, sinto que estamos bem unidos.

– A gente queria que você viesse morar aqui – minha tia pediu.

– Eu sei, mas agora não dá. Vou precisar fazer um tratamento longo. Serão alguns meses bem intensos. Vou fazer quimioterapia e, se precisar, farei radioterapia. Mas se Deus quiser vai dar tudo certo e, em pouco tempo, volto para comer mais almeirão-selvagem refogado com cebola roxa.

– Está com mais medo do quê, Joyce? – minha tia perguntou.

– Medo, tia? Eu não tenho medo. Por enquanto, não. Tanta coisa aconteceu comigo nesses últimos meses, vocês sabem...

– Sabemos mais ou menos, a vó não conta detalhes...

– Para que querem saber detalhes da vida dos outros? – cortou minha avó. – Cada um que cuide da sua vida. A Joyce está passando por uma fase difícil, gente. E ela vai falar só se quiser. Por isso eu peço para não perguntarem nada.

– É isso mesmo, é tudo muito novo para mim, não sei o que mais pode acontecer, mas quero que esses três dias com vocês sejam maravilhosos.

– Ah, isso eu garanto que vai ser! – disse o meu primo mais novo. – Vamos nadar no rio, tomar banho de cachoeira...

– Vamos fazer tudo isso, mas vamos brincar de esconde--esconde nos campos de lavanda?

– Igual quando éramos crianças?

– Exatamente.

Na sexta à noite, Zé Renato mandou uma mensagem para eu buscá-lo na rodoviária da pequena cidade. Foi uma grata surpresa. Nos dias seguintes, replantamos mais mudinhas de lavanda. Fazíamos as refeições todos juntos, sempre com muita alegria. Mais uma vez, o pessoal do sítio demonstrou seu carinho comigo. Fizeram pães, tortas e panquecas sem glúten para todos.

O banho no rio foi a parte mais refrescante e a subida da montanha para ver a vista do alto foi maravilhosa. Mas eu adorei mesmo foi brincar pelos campos de lavanda, igual a quando éramos crianças. Zé Renato ficou todo sem graça ao pisar neles com os pés descalços.

Se tivesse espaço no minúsculo quintal da minha casa, eu traria muitas mudas de lavanda para plantar. Mas teria de me contentar somente com o único pé que minha avó plantou. Com mais mudas de almeirão-selvagem para plantar em vasos, voltamos para casa.

Lembrei que na segunda-feira iria à escola avisar que começaria o tratamento e que seguiria com os estudos em casa.

As delicadas mudinhas de almeirão-selvagem vieram na minha mão para não estragar e as muitas mudas de lavanda (que eu não trouxe) vieram em meu coração.

LUTAR OU NÃO

O cheiro de álcool do hospital é insuportável. Eles devem dar banhos de álcool em tudo, pois os pacientes em tratamento de câncer têm imunidade baixa e qualquer gripe que pegarem pode ser fatal.

Durante meu tratamento, conheci seres humanos maravilhosos que buscavam forças para enfrentar a nova situação. A maioria das pessoas dizia "estou lutando contra essa doença e, se Deus quiser, vou vencer". Eu não pensava desse jeito. A palavra "lutar" não fazia mais parte do meu vocabulário.

Lutar...

Eu observava o único pé de lavanda do meu quintal, que crescia sem esforço, e isso me confortava. Belo aprendizado recebido da amada avó. Se estava disposta a não lutar mais, estava preparada para me entregar, deixar acontecer o que tivesse de acontecer. Lutei a vida toda para tentar disfarçar a minha altura e ninguém tirar sarro de mim, por ser a mais baixa da sala. Quando descobri que tinha a doença celíaca, briguei com os meus pais e virei um poço de reclamação. Batalhei para entender a origem do *bullying* da Emilly. Pelejei para aceitar a morte dos meus pais. Briguei com o conciliador quando ele disse que precisaria vender minha casa para pagar a parte da Emilly.

Eu não queria mais guerrear.

Eu não tinha mais forças para brigar. Queria ser como a lavanda, que apenas cresce, seja em um minúsculo quintal, seja em um campo imenso.

O tratamento do linfoma me ajudou a superar a dor que eu estava passando. Não a dor da perda dos meus pais, mas a dor de não saber a versão deles da minha própria história. Contra as células doentes, os médicos sabiam muito bem o que fazer, receitavam remédios e realizavam exames e radiografias. Com certeza não tinham inventado remédio para a dor da incerteza.

Zé Renato e minha avó me acompanhavam a cada sessão de quimioterapia. Quando voltávamos para casa, era paparicada pelos dois.

Às vezes, sentia vontade de vomitar e ficava aliviada. Meu amigo não gostava e pedia para eu tomar o remédio de parar a ânsia. Era ele quem limpava o banheiro que eu havia sujado.

Apoiada pela minha avó, quase sempre, gostava de vomitar. Era um alívio.

Com o carinho que recebi dessas duas pessoas queridas, pude entender o que é o amor de verdade. Para cuidar de mim, minha avó largou toda a administração do sítio, que recebia clientes e turistas para ficar em uma casa na periferia da cidade grande. Zé Renato, meu amigo de cabelos cacheados (e desarrumados), cuidava de mim com todo o seu amor fraterno, um amigo de verdade. Sim, existe amizade verdadeira e sincera entre garotos e garotas.

Como eu tinha tempo de sobra, assistia a algumas séries na televisão que me relaxavam e voltei a ler poesia. Acabei decorando este poema do Fernando Pessoa, poeta português, que tem tudo a ver comigo. Aliás, parece que ele escreveu o poema exatamente para mim.

"Da minha aldeia vejo quanto da terra se pode ver do Universo...

Por isso a minha aldeia é tão grande como outra terra qualquer,

Porque eu sou do tamanho do que vejo

E não do tamanho da minha altura...

Nas cidades a vida é mais pequena

Que aqui na minha casa no cimo deste outeiro.

Na cidade as grandes casas fecham a vista à chave,

Escondem o horizonte, empurram o nosso olhar para longe de todo o céu,

Tornam-nos pequenos porque nos tiram o que os nossos olhos nos podem dar,

E tornam-nos pobres porque a nossa única riqueza é ver."

FEBRE E FALTA DE APETITE

Às vezes, eu perdia a fome e não conseguia comer as tortas sem glúten que a minha avó fazia com todo amor. Na verdade, naquele momento da minha vida, não fazia muita diferença ser celíaca ou não.

Às vezes, a dor tomava conta do meu corpo inteiro e eu pensava que ia explodir. Outras vezes, passava alguns dias bem. Em outros momentos, a febre alta me abraçava, não tinha remédio que a fizesse abaixar.

O carinho da minha avó me confortava. O carinho do Zé Renato me acalmava. O quintal, que agora estava cheio de cores e aromas, me aliviava.

Mesmo achando um pouco estranho, gostava de receber presentes dos colegas da escola. Eram pessoas que não falavam muito comigo. Poucos tiveram coragem de passar em casa, mesmo quando eu dizia que estava bem e que eles poderiam me visitar. A intimidade é sábia, fecha as portas quando é preciso.

Alguns colegas davam os presentes para o Zé Renato me entregar. Gostava mesmo assim. Eram todos carinhosos e vinham acompanhados de palavras de apoio. Após algumas sessões de quimioterapia, como o enfermeiro tinha dificuldade para encontrar a minha veia, o médico decidiu que colocar um cateter escondido no meu tórax seria a melhor solução para não me machucar. Durante o tratamento, percebi que algumas coisas eu poderia esconder, outras não.

A retenção de líquidos foi a pior parte. Meu corpo ficou todo inchado. Mãos, pés, pernas e pescoço ficaram horríveis. Precisei comprar roupas maiores. Pedi que minha avó cortasse meu cabelo antes que começasse a cair. Não queria ter a sensação de que parte do meu corpo morria com o remédio.

Na família da minha mãe, usamos poucos medicamentos. As gripes são curadas com chá de poejo, gengibre, alho e limão, e, para dor de estômago, tomamos chá de dente-de-leão. Eu cresci naturalmente e, de repente, tive de aprender a tomar drogas pesadas. Constipação, enjoo e dores físicas passaram a fazer parte da minha vida. Antes, eu só tinha dores emocionais. Agora, tinha várias dores físicas. As duas dores, quando unidas, doem mais do que o dobro. Em nenhum momento perguntei o que fiz para merecer essa doença ou por que justo eu havia sido a escolhida, apenas me lembrava do pé de lavanda do meu quintal, que não reclamava por estar sozinho ou plantado

em um vaso pequeno. Ele apenas crescia e vivia, sem perder seus encantos.

Ainda bem que eu tinha a televisão para ver as séries e os livros de poesia para me fazerem companhia. No meu tempo livre, consegui decorar também a primeira parte deste outro poema do Fernando Pessoa e descobri que foi um dos últimos poemas que ele escreveu antes de morrer.

"Há doenças piores que as doenças,
Há dores que não doem, nem na alma
Mas que são dolorosas mais que as outras.
Há angústias sonhadas mais reais
Que as que a vida nos traz, há sensações
Sentidas só com imaginá-las
Que são mais nossas do que a própria vida..."

Como pode um poeta português, que morreu em 1935, ser tão atual e falar tudo o que estou sentindo agora?

Isso é o que a poesia faz.

VISITA À ESCOLA

Recebi uma ligação da diretora da escola. Ela perguntou como eu estava me sentindo e se eu gostaria de conversar com os alunos da minha turma, pois todos estavam com saudade. Tinha certeza de que nem a Emilly nem o Sebá sentiam minha falta.

Cheguei à escola no horário do intervalo. Alguns alunos que estavam no pátio me aplaudiram. Outros conhecidos vinham me abraçar, mas, quando chegavam perto, se afastavam dizendo que não queriam me passar doença alguma. Diziam para eu receber o abraço a distância. Outros estudantes apenas davam um tchauzinho, de longe. De uma coisa eu estava certa: nunca havia sido tão notada em toda a minha vida. Que pena que precisei ficar doente para ser vista. No caminho para a minha sala de aula, Sebá veio falar comigo.

– Firmeza, Joyce, essa doença horrível vai sumir, valeu?

– Por que você está falando comigo?

– Eu estou tranquilo, falou? Só quero ser legal.

– Por que quer ser legal comigo, Sebá? Justo agora? É só porque estou doente? Você sempre ajudou a Emilly a praticar *bullying* sem ser descoberta.

– Sei lá, Joyce, não sei o que dizer, mas não quero que pense mal de mim quando está assim.

– Assim como?

– Com essa doença.

– Que doença?

– Você sabe... eu não gosto de dizer...

– Por quê?

– Porque eu perdi a minha mãe para essa maldita doença.

– Sinto muito pela sua perda, Sebá, mas o que você aprendeu com tudo isso que passou? Nada? Continuou ajudando Emilly a me humilhar. Valeu a pena? Gostaria muito que eu não precisasse ficar doente para que você parasse com essa bobagem de me atormentar.

– Desculpa, Joyce. Me desculpa, por favor.

– Não sou eu quem devo desculpá-lo, Sebá.

– Como não?

– Quem deve desculpá-lo é você mesmo. Você não se perdoou pelo fato de não ter feito mais para que sua mãe vivesse. As doenças vêm para aprendermos alguma coisa, mas você estava muito ocupado em encher a paciência dos outros e se esqueceu da sua vida. Se liga, Sebá.

Antes de entrar na minha sala, perguntei à diretora se ela poderia reunir todos os alunos da escola na quadra. Eu queria falar com todos os estudantes. Ela perguntou se eu estava certa mesma do que queria e se eu estava me sentindo bem.

Quando eu disse que sim, ela mandou ligar a caixa de som e o microfone e pediu que todos os alunos da escola descessem. Nunca vi tanta gente reunida em silêncio. Não havia nenhuma brincadeira, nenhuma bagunça sequer. Todos estavam quietos para me ouvir.

De um lugar do fundo do meu coração, o discurso saiu, de improviso.

MICROFONE LIGADO

"Confesso que estou surpresa com esse silêncio. Todos os alunos da nossa escola sem dizer absolutamente nada? Será que sou eu que tenho esse poder imenso de fazer vocês se comportarem assim? Vocês estão em silêncio nesta quadra porque venho acompanhada do câncer, do linfoma.

Sei que alguns estão pensando, 'será que ela vai sobreviver, coitada?'.

Afinal, todos dizem que o câncer é uma doença cruel e silenciosa. Então, esse poder de nos silenciar perante a vida é do câncer, não é meu.

Só que eu não me calei diante do câncer. Por isso quis falar com vocês. Quando perguntei ao médico a causa do câncer, ele enrolou, enrolou, mas não disse exatamente o que provocou a doença. Nem eu sei, nem o médico sabe, ninguém sabe. O que importa a causa se o que pesa mesmo é a consequência?

Vocês já ouviram dizer que quem faz o tratamento de quimioterapia passa muito mal, vomita, incha, perde os cabelos, e que tudo é um horror, não é? Eu tenho passado por tudo isso, mas não posso deixar de dizer que também estou aprendendo a ser feliz. Estou aprendendo a cuidar de mim e a me conhecer um pouco mais. Mesmo doente, vejo tanta coisa linda ao meu lado que só tenho que agradecer a Deus por estar perto de pessoas tão queridas, como meu melhor amigo, Zé Renato, e a minha avó.

Antes de eu pegar o microfone para falar, alguém veio me pedir desculpas pelo *bullying* que ele e uma outra pessoa faziam comigo e com o Zé Renato. Não há nenhum problema em falar disso, porque a escola toda sabe. Eu disse que ele não devia pedir desculpas para mim, as desculpas deveriam ser para ele mesmo. Eu sei que não sou só eu e o Zé Renato que fomos ofendidos nesta escola. Muitas garotas e garotos sofrem como nós e é para vocês que eu vou dizer isso. Não sofram calados, conversem com outras pessoas sobre tudo o que estão sentindo. Se não te escutarem, falem de novo, falem, sempre, sem medo.

Quem pratica *bullying* não se sente amado. E para quem pratica maldade com os outros, eu digo que o maior mal que estão fazendo é contra vocês mesmos.

Vou precisar sair da escola sem abraçar vocês, pois a minha imunidade ainda está bem baixa, mas recebam todo o meu carinho. Estou no começo do tratamento. Daqui para a frente será pior, vou inchar mais, vomitar mais, ter mais feridas pelo corpo. Não façam cara de pena, por favor. Por mais que eu tenha mais efeitos colaterais, também terei mais amor próprio. Até breve, meus amigos e inimigos.

Logo mais, estarei de volta."

Ao chegar em casa, Zé Renato tirou da mochila alguns salgadinhos que estavam embrulhados em um guardanapo. "A diretora pediu para fazer para você", ele falou.

Feliz da vida e orgulhosa de mim mesma por não ter gaguejado na frente de todo mundo, saboreei o salgadinho sem glúten. Claro que não eram tão apetitosos quanto os que a minha avó fazia, mas que bacana que foi a diretora por encomendar salgadinhos sem glúten para mim. Recebi mais uma solicitação de amizade na rede social.

Sebá quer ser seu amigo.

Aceitei! Por que não?

Adorava aceitar novas amizades.

E o Sebá não era nenhum desconhecido.

MOLDE DE SOBRANCELHA

– Não quero ficar aqui! Você faz o que tiver que fazer com a sua avó que eu vou para a sala ver um pouco de TV – resmungou Zé Renato, feito uma criança, saindo do quarto.

– Mas quero que você fique e aprenda a fazer – insisti com o meu amigo.

– Sem chance, Joyce – disse Zé Renato, sentando no sofá e ligando a televisão. – Eu ajudo no que for preciso, mas isso aí eu não vou fazer.

– Qual é o problema, Zé Renato? – perguntou a minha avó. – Homem também deve fazer de tudo.

– Eu não faço molde de sobrancelha!

– Zé Renato, você não vai fazer o molde, ele já está pronto, você vai só ajudar a segurar que a gente pinta – insisti para ver se ele parava de ser tão cheio de frescura e me ajudava logo a pintar minhas sobrancelhas.

Meu amado amigo se levantou do sofá, fechou a porta e nos deixou, eu e minha avó, dentro do quarto. Voltou para o sofá e aumentou o volume da televisão.

Essa era uma clara mensagem de que ele não estava mesmo disposto a ajudar a segurar o molde de sobrancelha. Depois do tratamento, todos os pelos do meu corpo caíram. Até deixei um tempo assim, quase sem nada, só para ver como ficava. Não gostei do resultado.

Ainda bem que a minha avó soube muito bem segurar o molde para eu pintar a minha pele.

Senti-me melhor por melhorar a minha aparência e não parecer tão doente.

– Ficou bonito – disse meu amigo, ajeitando os óculos de aro preto, depois que voltei para a sala.

TOMOGRAFIA

Minha avó e eu estávamos nos tornando feras na culinária sem glúten. Não parávamos de inventar receitas deliciosas. Ela disse que levaria definitivamente essa novidade para a turma do sítio e que ficaria só imaginado a cara feia do povo todo de lá ao saber que a torta de almeirão foi feita com polvilho doce, farinha de arroz, fécula de batata e goma xantana – demoramos para descobrir que, sem essa bendita goma, qualquer torta parece feita de borracha.

A última semana foi de pura expectativa, pois faria a tomografia computadorizada para saber se ainda havia células cancerígenas no meu corpo depois das sessões de quimioterapia. Se não houvesse mais sinal da doença, iria apenas fazer o acompanhamento e visitas rotineiras, porém, se após o exame ainda houvesse vestígios de células doentes, teria de fazer o transplante de medula óssea.

* * *

– Joyce – explicou o médico –, a fase da quimioterapia já passou, mas os resultados, infelizmente, estão indicando que você precisará fazer um transplante de medula óssea.

– Eu já imaginava, doutor.

– Como você imaginava, Joyce?

– Não sei, alguma coisa dentro de mim dizia que eu precisaria fazer esse transplante.

– A fase seguinte será achar um doador. Se não for da família, vai ser mais complicado, mas não impossível. Hoje em dia, mais pessoas se cadastram no banco de medula e isso aumenta a chance de encontrar alguém compatível. Já a chance de encontrar um doador na família é mais provável. Se for um irmão ou irmã, as chances são grandes.

Já sei o que você está pensando: peça para a Emilly fazer o teste, aí, eu recebo a medula óssea dela, me curo e toda esta história acaba bem, não é isso?

Sim, mas isso seria quase impossível.

Pedi a todos os parentes do interior que fizessem o exame de compatibilidade. Seria bem melhor ter uma medula perfumada à lavanda do que a medula da Emilly dentro do meu corpo.

Nos dias em que esperei os resultados de compatibilidade dos parentes do interior, não parava de relembrar minha infância no sítio. Não havia férias escolares ou mesmo feriados que não fôssemos para lá. Como eu amava (e ainda amo) aquela terra! A lavanda do meu quintal já tinha florido. Eu imaginava que cada florzinha daquela, tão delicada, era um parente meu que poderia salvar a minha vida, caso sua medula fosse compatível com a minha. Seria muito bonito, daria uma bela história, com final feliz. O parente do interior que salva a prima que mora na cidade grande. O título da história até poderia ser:

A lavanda foi mais poderosa do que o concreto.

Mas não foi isso o que aconteceu.

– Infelizmente – disse o médico em outra consulta –, nenhum dos seus parentes do interior têm medula compatível com a sua.

– Quer dizer que eu vou morrer? – falei exagerada.

– O que é isso, minha filha? – esbravejou a minha vó.

– É isso o que você quer? – perguntou o médico.

– Morrer? Claro que não! – bufei.

– Esta é uma fase comum do tratamento, quando os pacientes descobrem que não têm doadores em comum, mas, como sua querida avó disse, você descobriu recentemente que tem uma irmã.

– Não era para você falar nada sobre a Emilly, vó!

– O que é isso, minha filha? Ela é sua irmã e pode te ajudar, sim. Deus queira que ela seja compatível e que possamos fazer o transplante.

– Ela é a minha inimiga, faz *bullying* comigo, me apavora.

– Joyce – interrompeu o médico –, às vezes a vida tira algo da gente para, depois, nos dar algo bem maior. Deus levou o seu pai, a sua mãe, mas te deu uma irmã, já crescida. Você já parou para pensar nisso? É uma bênção!

– Até você, doutor, falando de Deus. Parece a minha vó... Não sabia que os homens da ciência acreditam em Deus.

– Eu sei que muita gente pensa assim, que, por ser médico, não tenho fé. Não é nada disso, Joyce. Tudo o que vivo neste hospital, no dia a dia, só faz aumentar a minha fé.

– Eu tenho outra opção, doutor?

– Se você entrar na fila do banco de medula pode demorar bastante, e quanto mais rápido começarmos o tratamento, melhor.

– Entendi...

– Fale com a sua irmã, Joyce, para ela fazer o exame. Não demore muito, não, e vamos torcer para que ela seja compatível.

– Eu não posso fazer isso, doutor. A gente brigou feio, eu dei dois socos na cara dela.

– Todo irmão briga. Eu mesmo brigo muito com o meu. Depois a gente faz as pazes, sempre.

– Está vendo, minha filha, fale com a Emilly, escute o doutor, é para o seu bem – implorou a minha vó.

Percebi que não adiantava mais discutir com o médico nem com a minha avó – que antes de sair da sala do médico disse que ter descoberto que a Emilly é minha irmã era um presente de Deus e que ela seria a minha cura.

Fui deitar pensando em como seria se meus pais estivessem vivos e como seria a vida tendo Emilly como minha irmã. Será que seríamos amigas? Será que ela me contaria se o Sebá é ou não seu namorado? Será que almoçaríamos juntas aos domingos com o nosso pai?

Sonhei que indígenas estavam em casa dizendo que aquela terra era deles, não minha. A discussão acabou quando uma árvore do quintal se desprendeu da terra, tombou e fechou o trânsito da rua.

A AMIGA DA CARMEM

Em um outro dia, a campainha tocou quando eu estava exausta, inchada, me sentindo a pessoa mais feia do mundo, com um gosto horrível na boca. Eram mais de 10 horas da noite. Minha avó continuou dormindo. Carmem Souza Santos estava acompanhada de uma mulher. Assustei-me.

– Você sabe que horas são? – falei da janela.

– Eu sei, querida – respondeu Carmem, simpática.

Eu não gosto quando essa mulher me chama de querida. Tudo bem que eu estou doente e ela, como todo mundo, parece que tem a obrigação de ser gentil com um paciente em tratamento de câncer. Mas não gosto mesmo assim.

– A minha amiga está interessada em comprar a casa e só tem este horário para ver – ela insistiu.

Olhei bem para a mulher, que não tinha cara de amiga da Carmem coisa nenhuma, devia ser uma cliente do salão.

– Decidimos com o conciliador que as visitas só podem ser feitas de dia e com o corretor.

– Eu sei, querida, mas acho que não custa nada abrir para ela ver.

– Você consegue parar de me chamar de querida?

– Sim, querida, quer dizer, sim, Joyce, é apenas força do hábito. Você poderia mostrar a casa para a gente, por favor?

– Minha avó está dormindo e eu estou passando mal. Marquem com o corretor outro dia – falei fechando a janela e a cortina da sala.

Era só o que me faltava, ter de abrir a casa às 10 da noite para a pessoa que quer destruir o que os meus pais deixaram. Nem pensar! Se não fosse por ordem do juiz, eu não mostraria a casa a ninguém e continuaria morando na casa que trazia a lembrança da minha infância na cidade.

Naquela noite, tive outro sonho estranho, sonhei que entrava no forro do telhado da minha casa e abriam-se várias portas. Cada uma delas dava em quartos coloridos. No quarto verde, havia uma pessoa com um chapéu em forma de cone. Briguei, pois não admitia ninguém dentro da minha casa. Minha voz não saía e eu não conseguia me mexer. Acordei suando e com medo.

Bebi água.

Eram 4 horas da manhã e não consegui mais pegar no sono, pensando que teria de ver Carmem Souza Santos e a sua filha nas próximas horas. Por mais que eu tivesse problemas com a Emilly, e agora com a sua mãe, não queria morrer.

TEM GLÚTEN NO SUCO?

Na manhã seguinte, toquei a campainha da casa delas e muitas ondas apareceram na minha barriga. Minha vida poderia ser decidida naquele sábado.

Carmem Souza Santos abriu a porta e fez um sinal para eu entrar. Ela esboçou um sorriso de acolhimento no rosto, mas eu desviei o olhar. Mesmo doente, indo pedir ajuda para salvar a minha vida, não conseguia ser falsa. Eu não gostava delas e pronto.

– Vocês sabem que eu não queria estar aqui – sussurrei para as duas.

Emilly estava digitando no celular e não parou de teclar mesmo depois que entrei.

– Oi, Joyce, bom dia, quer um suco? – perguntou Carmem.

– Não, obrigada.

– Melhorou? Ontem à noite você estava tão cansadinha...

– Você viu a Joyce ontem, mãe? – interrogou Emilly, parando de digitar.

– Vi, sim, minha filha. Levei uma amiga para ver a casa, uma moça rica. Depois que eu falei que a compra da casa é um ótimo negócio, ela quis fazer uma visita, mas era um pouquinho tarde e não pudemos entrar.

– Carmem, não era um pouquinho tarde, eram mais de 10 horas da noite – corrigi a mulher mais sem noção que conheci em toda a minha vida.

– Mãe, você foi ver a casa dela às 10 da noite? Viajou total – murmurou Emilly, voltando a digitar no seu celular.

– Então, Joyce, o que você quer conversar com a gente? É alguma coisa sobre o que decidimos no acordo? Sabe, querida, quer dizer, Joyce, se for mudar alguma coisa do que combinamos, é um pouco difícil, sabe? O nosso acordo foi homologado pelo juiz, sabe, e se o juiz assinou, sabe, querida, quer dizer, Joyce... A gente não pode mudar, sabe...

– Chega, Carmem! Quem falou que eu vim aqui falar sobre o acordo?

– Não? – disseram mãe e filha ao mesmo tempo.

– Claro que não! Quando vender a casa, Emilly leva a sua parte, isso já está acertado. Estou aqui para pedir outra coisa. Posso me sentar?

Emilly fez sinal para que eu sentasse e recolheu os pés para dar espaço no sofá.

Mesmo estranhando tanta gentileza, confesso que gostei.

– Fiz uma tomografia computadorizada depois do tratamento com a quimioterapia e... eu queria que não desse nada, mas o resultado foi... agora eu aceito aquele suco.

Carmem ficou parada esperando que eu continuasse a contar. Emilly, vendo que a mãe estava distraída, foi buscar o suco e me deu. Agradeci.

– Tem glúten – perguntei?

– Como? – vacilou Carmem.

– Tem glúten? O suco... este suco é de saquinho, não?

As duas fizeram que sim.

– Então preciso saber se tem glúten, eu nunca tomo suco de saquinho. Se tiver glúten, não posso tomar.

– Ah, você não toma suco, Joyce?

– Eu tomo, mas em casa sempre fazemos suco da fruta.

– Ah, é mais saudável, né?

– Não contém glúten – afirmou Emilly, que havia ido conferir os ingredientes da embalagem.

Agradeci o esforço da minha ex-inimiga-atual-irmã-futura-sei-lá-o-quê.

O suco era horrível, gosto de tudo, menos de fruta.

– Sabe... então... fui ao médico e ele falou que vou precisar de transplante de medula, pois ainda tenho células doentes no meu corpo.

– Coitada – claro que foi a fala da Carmem, sem noção.

– Eu falei com a minha família, que mora no interior, para fazerem o exame de compatibilidade e já temos o resultado...

– Claro que algum primo seu, saradão, que nunca tomou na vida suco de saquinho vai ter o que você precisa.

– Infelizmente nenhum dos meus parentes é compatível. O médico falou que se fizermos o transplante de medula óssea posso me curar mais rápido, sem passar por mais sessões pesadas de quimioterapia. Se eu tiver de esperar um doador, pode demorar muito. No Brasil, as pessoas ainda não têm muito o hábito de se cadastrarem para serem doadoras de medula.

– Coitada! – exagerou Carmem.

– Não precisa ter dó de mim. As coisas são assim mesmo.

– Desculpa, querida.

– Também não gosto que me chame de querida.

– Perdão.

– Também peço que não se desculpe. Está tudo certo.

– Ai, nem sei mais o que falar! Quanta exigência!

– Mãe, não fale mais nada. Você ainda não sabe por que a Joyce veio aqui hoje? Pedir para eu fazer o teste de compatível de medula.

– É compatibilidade que se fala, Emilly. É isso mesmo, vim pedir a você que faça o teste. Se a sua medula for compatível com a minha, posso me salvar. Como você é minha irmã de sangue, a chance de sermos compatíveis aumenta muito.

– Quer dizer que, agora que você precisa de um favor, eu sou a sua irmã de sangue? Há pouco tempo, você me bateu, me acusou de roubar a sua casa, falou mal da minha mãe e agora quer que eu te ajude?

– Desculpa, Emilly.

– Não precisa se desculpar – disse Carmem.

– Por que eu faria isso, Joyce? Por que eu faria o exame para você? – perguntou Emilly.

– Porque estou pedindo. Se a sua medula não for compatível com a minha, talvez demore muito até encontrar outro doador, aí o câncer se espalha e posso morrer.

– Todos nós vamos morrer, Joyce.

– Por favor, Emilly, sei que não gosta de mim, mas preciso da sua ajuda.

– Sabe por que não gosto de você?

– Não sei... ou melhor, sei... sei lá... você passou a fazer *bullying* comigo depois que o meu pai foi te procurar, certo?

– Eu cresci ouvindo a minha mãe dizer que o meu pai havia me abandonado. Durante toda a minha vida, eu não soube o que era ter um pai. Às vezes, andando pela rua, passava um homem e eu pensava que ele poderia ser o meu pai. Sabe o que é isso?

– Desculpa, filha. Não soubemos fazer de outro jeito – explicou Carmem.

– Não precisa se desculpar, mãe. Como disse a Joyce, as coisas são como têm que ser. Vou te mostrar a minha certidão de nascimento, leia o que está escrito no campo "filiação" – Emilly foi buscar a certidão e me entregou.

– Pai: desconhecido – falei e continuei a ouvi-la.

– Às vezes, pegava meu documento e ficava chorando e pensando sobre o que quer dizer ter um "pai desconhecido". Eu acreditei durante toda a minha vida que nenhum homem era confiável.

– Mas você sempre teve tantos namorados – falei.

– Tive nada!

– Como não, Emilly? Você sempre foi a garota mais bonita da escola e um monte de garotos te admirava.

– Eu não devia te falar isso, mas nunca consegui ficar com alguém por muito tempo. Logo o garoto me irritava. Acho que eu gostava mesmo era de ficar sozinha, abandonada, como me senti por toda a minha vida por esse pai que nunca existiu. Hoje, minha mãe me pede desculpas, o seu pai me pediu desculpas. Como vou desculpar os outros se não consigo me desculpar por ser do jeito que eu sou?

– Poxa, Emilly, eu sinto muito por você. Sei que não deve ter sido fácil.

– Na escola, agora que sabem que você está doente, todos me acusam dizendo que foi o *bullying* que fiz com você que causou o seu câncer, pode? Sabe como eu me sinto?

Fiz que não com a cabeça.

Ficamos em silêncio. Carmem trouxe mais uma jarra de suco. Dessa vez, foi uma limonada que preparou enquanto conversávamos. Ela disse que eu poderia tomar, pois não continha glúten.

– Posso contar com você para fazer o teste? – perguntei amorosamente.

– O que você quer que eu diga?

– Que você vai fazer o teste.

– Não posso, Joyce.

– Não pode dizer que vai fazer o teste?

– Não posso fazer o teste.

– Como assim, Emilly? Eu estou com câncer, se não fizer o transplante de medula terei de fazer milhares de sessões de quimioterapia, de radioterapia... Você sabe como eu me sinto depois de uma sessão dessas?

– Sinto muito, Joyce. Não posso te ajudar.

– Emilly, o que custa ajudar a sua irmã? – intercedeu Carmem.

– Ela não é a minha irmã – gritamos ao mesmo tempo.

Não acreditei no que a Emilly havia acabado de dizer. Ela não ia fazer o teste de compatibilidade! Como assim? Sou sua irmã, estou com câncer e ela não vai fazer o exame para me ajudar? Ela era a minha única esperança.

Saí da casa delas e nem senti o pescoço coçar mais.

VÍDEO

O Zé Renato, além de trazer e levar as minhas lições da escola, naquele dia, trouxe uma novidade logo que chegou à minha casa.

– Veja a minha mensagem no seu celular.

– Você me mandou uma mensagem?

– Acabei de mandar, abra!

– Fala o que é, Zé Renato!

Recebi no meu celular um vídeo que o pessoal da classe mandou. Todos colocaram um lenço na cabeça e gravaram uma mensagem de força e coragem. Eles ensaiaram um coro e diziam:

Joyce, você é uma guerreira que vai vencer essa batalha. Receba todo o nosso amor. Logo estaremos juntos. Nós te amamos!

Alguns colegas mandaram beijinhos, outros fizeram o sinal do coração com as mãos e outros fizeram um esforço imenso para segurar as lágrimas. Eu não fiz esforço nenhum para segurar nada, chorei muito ao ver o vídeo.

Não adiantou nem procurar a Emilly, claro que ela não aparecia na gravação.

– Sabe de quem foi a ideia de gravar o vídeo? – perguntou o meu amigo com a maior cara de curiosidade do mundo.

– Não.

– Da Emilly.

– Não acredito!

– Pois devia.

– É impossível!

– Joyce, eu estou falando, foi a Emilly quem pediu para que todos gravássemos a mensagem para você.

– Como? Não pode ser! Será que ela é maluca?

– Joyce, o que está acontecendo que eu não estou sabendo? Qual é o problema de a sua irmã querer gravar uma mensagem para você?

– Nós não somos irmãs!

– São, sim! São irmãs, pois têm o mesmo pai. Você pode não aceitar, mas que ela é a sua irmã, isso é. Todo mundo ficou feliz na escola, agora que serão amigas.

– Quem falou que seremos amigas?

– Todo mundo.

– Todo mundo quem?

– Os alunos, os professores, a coordenadora, a diretora e até a bibliotecária. Todo mundo é todo mundo.

– Por que Emilly não apareceu no vídeo?

– Ela segurou o telefone para gravar.

Por que será que a Emilly, que dias antes havia dito que não iria fazer o teste de compatibilidade, agora pediu a todos os meus colegas de classe que mandassem uma mensagem tão querida? Zé Renato não sossegou até que eu contasse para ele por que não via sentido naquele vídeo. Ele disse que fui maluca ao ir sozinha pedir que ela fizesse o exame, falou que ele deveria ir junto para me proteger.

O câncer me fez ver como é bom ter amigos. Ele não tem nenhum interesse que não seja a nossa amizade. Tem gente que diz que o Zé Renato é estranho só porque não fica com as garotas, ele disse que ainda não quer saber de namorar, que ainda terá muito tempo pela frente.

Como eu amo o meu amigo de cabelos cacheados (e sempre bagunçados) e de óculos de aro preto.

MENSAGEM NO CELULAR

As mudas de almeirão-selvagem que eu trouxe do sítio e que a minha avó havia plantado em vasos cresciam cada vez mais. De vez em quando, comíamos suas folhas imperiais. A horta que ela fez também estava farta, repleta de aromas e temperos. E a lavanda solitária seguia seu destino: perfumar nossa casa e encantar nossos olhos. Mesmo quando, durante o tratamento, eu estava com enjoo, me sentindo péssima, sem vontade de comer nada, bastava esfregar uma folhinha de manjericão entre os dedos e sentir seu cheiro para me alegrar.

Sentindo-me superanimada, liguei para o meu amigo.

– Zé Renato, vamos ao cinema comigo?

– Quando?

– Como quando? Hoje!

– Hoje?

– Agora.

– Agora?

– Chega de perguntas, Zé Renato! Em meia hora te encontro no *shopping*.

– No *shopping*?

– E onde mais tem cinema por aqui?

– Qual filme está passando?

– Que diferença faz, Zé Renato? Vamos ver qualquer filme. O importante é celebrar.

– Celebrar o quê, garota?

– Consegui uma medula!

– Uma medula? Você falou que poderia demorar meses, anos!

– Deus foi bom comigo e me deu a medula. Vamos sair, amigo! O médico disse que antes do transplante ficarei em isolamento no hospital por vários dias, sem contato com o mundo!

Eu havia recebido uma mensagem no meu celular informando que eu deveria ir ao hospital para iniciar o processo do transplante da medula imediatamente. Mal conseguia respirar de tanta felicidade. Não sabia se eu sorria ou chorava. A chance de encontrar um doador de medula que não fosse da família em tão pouco tempo era praticamente zero. O médico havia dito que fariam o contato com bancos de medula por todo o mundo e que todo esse trâmite (essa palavra é do médico e eu adorei) poderia demorar meses. Mas eles encontraram! Encontraram um doador para mim! Graças a Deus!

O médico disse que em pouco tempo eu voltaria a ter uma vida normal. Achei ótimo, pois, na verdade, eu não tinha uma vida normal já há um bom tempo.

ISOLAMENTO

Passei mais de vinte dias no isolamento. A maior parte do tempo ficava sozinha no quarto. Somente enfermeiros e médicos entravam, com máscaras e roupas de proteção. Todos foram bem simpáticos e souberam me encorajar naquele momento tão difícil.

Passei por um processo intenso para zerar a minha medula para receber a medula nova (que doador, ou doadora, abençoado!). Quando terminar o tratamento, faço questão de conhecer quem foi esse ser humano solidário e cheio de compaixão.

A minha imunidade estava baixa, mas a minha alegria estava bem alta.

Sentada na cadeira recebendo as células-tronco que iriam me curar, só sentia gratidão a tudo da minha vida. Por ter tido durante 17 anos os pais mais maravilhosos do mundo. Por ter tido saúde, por ter amigos e por ter uma avó linda que fazia tudo florescer.

Nos dias seguintes ao transplante, ficamos ansiosos para saber se a medula doada daria "pega", um termo que os médicos usam para dizer se o transplante deu certo.

Enquanto estava isolada, não coloquei o lenço na cabeça nem pintei a sobrancelha. Não queria me sentir diferente do que via no espelho.

Gostava de olhar para os apartamentos do prédio vizinho ao hospital. As pessoas tinham muitas tarefas: cuidar das crianças, dos animais de estimação... algumas pessoas saíam bem cedo para trabalhar; outras, iam dormir às cinco da manhã. Todos tinham rotinas, por mais malucas que fossem. Minha única rotina era torcer para que o transplante desse certo.

* * *

No quarto do hospital, eu tinha sonhos malucos não somente à noite mas também quando cochilava durante o dia. Em um deles, tentava acender o fogo usando pau e pedra, quando fui interrompida por uma música. "Mas quem será que me atrapalha para acender o fogo?", pensei em sonho. A música ficava cada vez mais clara até eu identificar que era "Parabéns pra você".

Despertei e vi que meu sonho se fundia com a realidade.

A equipe médica entrou dizendo que a medula transplantada havia dado a "pega". Eles foram muito carinhosos e cantaram parabéns umas dez vezes. Que pessoas lindas! Médicos e enfermeiros que não só salvam vidas mas também acolhem corações. A minha vitória também era a vitória daqueles profissionais tão dedicados. Muito breve, poderia ir para casa, olhar o meu pequeno quintal florido e perfumado e voltar ao hospital só para fazer exames e acompanhamento de rotina.

Fui recebida com um grande presente ao chegar em casa. Não segurei o choro quando vi que o almeirão-selvagem havia dado flor. Em pouco tempo, centenas de sementes seriam meu outro presente, sem embalagem.

NOVA ENFERMEIRA

Só precisaria ir ao hospital uma vez por semana para exames rotineiros do pós-transplante. Minha amada avó, que adorava plantar e cozinhar, sempre me acompanhava. Quando podia, o Zé Renato também estava por perto.

Fiquei sabendo que, quando eu estava no isolamento do hospital, minha avó o convidava para comer bolo lá em casa. Que danado esse meu amigo, virou amigo da minha avó também.

Antes de descobrir a doença celíaca e o linfoma, eu nunca havia entrado em um hospital. Eu nunca tinha ficado doente antes. Minha mãe dizia que eu era forte demais, e não precisei nem fazer inalação quando criança. Ela me dava chá de alcaçuz com funcho para curar tosse. Minha amada mãe morreu logo após descobrir que eu era celíaca. Ainda bem que me viu doente por bem pouco tempo. Ela nem fazia ideia que eu, a "menina mais saudável do mundo", teria câncer aos 17 anos! Acho que Deus teve pena dos meus pais e os levou antes de todo esse sofrimento.

* * *

– Entra, Joyce, sente-se aqui que vou dar uma picadinha em você – falou a simpática enfermeira.

Minha avó ficou na sala de espera.

– Picadinha de novo, ninguém merece – brinquei com a nova funcionária do hospital.

– Você merece, Joyce! Veja como Deus é tão bom com você. Conseguir o transplante de medula rápido assim e reagir bem ao tratamento é uma bênção – completou a enfermeira enquanto coletava meu sangue.

– Estou bem feliz por saber que está dando tudo certo. Tive muita sorte mesmo com o transplante da medula.

– E ponha sorte nisso, Joyce! Isso só pode ser coisa de Deus.

– Eu sei – respondi com a certeza de que Deus também estava me ajudando bastante.

Enquanto meu braço era picado, pensava em como algumas pessoas falam de Deus com a maior naturalidade, como era o caso daquela nova enfermeira e da minha avó. Era como se Deus estivesse presente o tempo inteiro, como se fosse um grande amigo.

Gostei dela.

– Eu sei que não fala com a sua irmã – disse a enfermeira, interrompendo o meu pensamento –, que estão brigadas, mas você deve agradecê-la, Joyce.

– Desculpa, não entendi.

– Nessas horas, Joyce, deixe o seu orgulho de lado. Eu sei da sua história, minha colega contou tudo.

– Contou tudo o quê?

– Você deve agradecer à sua irmã por ter doado a medula para você.

Não estava entendendo absolutamente nada do que a nova enfermeira dizia.

– Como assim, a minha irmã doou medula óssea? Você está enganada, essa doação foi anônima. Vou conhecer o doador quando eu melhorar.

– Não foi doação anônima coisa nenhuma. Foi a sua irmã que veio aqui e fez a coleta de sangue. Depois do resultado, em que soube que tinha a medula ideal para você, ela pediu que ninguém te contasse nada.

– Então por que você está contando o segredo dela?

– Porque não é mais segredo, você agora deve comemorar e agradecer à sua irmã.

– A sua colega sabe que você contou isso para mim?

– Claro que não! Ela pediu para eu não falar nada, mas eu não acho justo sua irmã não receber o seu agradecimento.

Aproveite, porque a doença sabe muito bem como unir as pessoas.

Saí da sala de coleta de sangue com o braço doendo de tanta picada. Por que será que a Emilly resolveu doar a medula em segredo? Quando eu fui pedir, ela não quis nem saber, disse que nunca faria nada para me ajudar, mas, agora, pela boca grande da nova enfermeira, descobri que ela foi a doadora.

Por quê? Saí do hospital de braços dados com a minha vó, sem dizer nada. Será que a minha avó sabia?

Apesar do "bocão", gostei dessa nova enfermeira.

PASSADO A LIMPO

Toquei a campainha da casa da Emilly. Exatamente como da outra vez, quem atendeu foi a sua mãe, Carmem Souza Santos, que me fez um sinal para entrar. Dessa vez entrei olhando profundamente em seus olhos.

Emilly, deitada no sofá, lia um livro (Emilly lendo? Que novidade!) e perguntou como eu me sentia. Disse também que estava surpresa com a minha visita.

– Surpresa quer dizer coisa boa ou ruim? – perguntei.

– Surpresa quer dizer surpresa. Nós duas temos tidos muitas surpresas na vida, não é?

– Que bom que vocês adoram falar em surpresa, meninas. Fico muito feliz ao vê-las conversando. Eu também tenho uma surpresa para você, Joyce – animou-se Carmem.

– Para mim? Muito obrigada – respondi, rasgando o papel de presente.

– Espero que você goste, querida.

– São bombons! Obrigada, depois eu como – falei, certa de que ela não teria a preocupação de olhar o rótulo da embalagem para ver se eram permitidos para celíacos.

– Se quiser, já pode comer os bombons agora, querida, pois são sem glúten. Verifiquei o rótulo antes de comprar.

Agradeci e me controlei para não reclamar por ser chamada de "querida".

Contei sobre todo o processo de recuperação e que estava sendo mais fácil do que eu imaginava. Ofereceram-me suco. Dessa vez, foi natural de manga. Fiquei sem graça, em silêncio. As duas ficaram esperando que eu falasse algo. Talvez elas estivessem pensando que eu falaria sobre a venda da casa, mas, durante o tratamento, as poucas pessoas que foram ver o imóvel falaram direto com a minha avó. Eu nem as via, ficava trancada no quarto. Não era sobre a venda da casa que eu ia falar. Por onde começar?

– Fala, Joyce, não aquento esse silêncio. Se é coisa ruim, diz logo – completou Carmem.

– Não é coisa ruim.

– Que bom, então dê uma notícia boa! – sorriu Carmem tirando o copo de suco vazio da minha mão e colocando-o em cima da mesa.

– Notícia boa? Não sei... – falei.

– Joyce, presta atenção, você avisou que viria aqui em casa para falar comigo, não foi? Então fala logo – disse Emilly.

– Está bem, Emilly, é com você mesmo que quero falar. Eu estive no hospital para exames de rotina, porque está tudo bem comigo, e uma enfermeira nova disse que a doação de medula para mim não foi anônima. Por que você não disse que seria a minha doadora de medula quando eu te pedi?

– Como você descobriu que fui a doadora? Pedi que não falassem para você, não queria que você soubesse. Vou reclamar com o pessoal lá.

– Não precisa, está tudo bem. A enfermeira é nova na equipe do hospital, mas achou que eu tinha que saber para te agradecer. Ela disse que às vezes a doença pode unir as pessoas.

– Ah, isso é verdade – disse Carmem.

– Depois que o seu pai foi me procurar...

– Nosso pai – corrigi.

– Tudo bem... depois que o nosso pai foi me procurar, fiquei com muita raiva de você, Joyce. Muita raiva.

– Eu imagino.

– Nem eu sei por que tinha tanta raiva de você.

– Foi por saber que eu era a sua irmã, não foi?

– Cara, é uma coisa louca. De uma hora para outra aparece um cara e diz que é teu pai. Como assim? Que mora aqui perto. Que há 12 anos ensaia esse dia para falar comigo. Não aguentei e mandei ele embora. Fiquei desesperada. Você tinha uma família, um pai e uma mãe que te amavam. Eu cresci sem saber quem era o meu pai. Ficava imaginado como ele era, se era mais moreno ou com a pele clara, se ele tinha ou não pelos nos braços... Entendo que o seu pai e a minha mãe tenham ficado com medo. Entendo que não houve traição, entendo tudo isso, mas senti falta de ter um pai! Eu não tinha raiva de você, tinha inveja.

— Inveja? Mas você é magra, alta e bonita e todos os garotos te amam. Não entendo como você ficava com o Sebá...

— Eu nunca fiquei com ele, Joyce! Sei lá, só me sentia segura com ele ao meu lado.

— Você acha que ele fez o papel do pai que você não conheceu?

— Não sei. O que eu sei é que você tinha o que me faltava e isso me incomodava. Você é querida pelas pessoas, naturalmente. Eu sempre tive de conseguir as coisas brigando. Você conheceu o meu pai a vida inteira e eu só o vi uma vez para nunca mais.

— Mas, Emilly, por que quis fazer a doação anônima da medula?

— Eu pesquisei na internet e o médico confirmou, você poderia ter uma rejeição ao saber que a medula era minha, de alguém com quem você não se dava bem, e o transplante não dar certo. Isso eu não queria que acontecesse.

— Quer dizer que você fez tudo isso por mim, para ter certeza de que o transplante daria certo?

— Na verdade, eu nem queria que você soubesse, mas já que descobriu, não estou achando ruim.

Senti uma vontade imensa de chorar. Olhei para Emilly, que também estava com a mesma cara de choro. Carmem estava em prantos, ouvindo nossa conversa, e acabou comendo todos os bombons que havia me dado. Pela primeira vez na minha vida, tive vontade de abraçar Emilly, mas não tive coragem para isso. Ficamos na sala, sentadas no sofá. Às vezes em silêncio, às vezes poucas palavras apareciam, mas o silêncio não foi constrangedor.

Perguntei à Emilly como ela havia descoberto que eu era celíaca, algo que só o meu amigo sabia. Ela sorriu e disse que criou um perfil falso na rede social para me acompanhar. E achou muito bom que eu aceitei a solicitação de amizade sem verificar a fundo de quem era o novo pedido. Ela disse que queria descobrir quem era a garota que ganhou todo amor do pai dela. Mais uma vez, dei razão ao Zé Renato. Não deveria aceitar todas as solicitações de amizade na rede social.

FOTOS, PAPOS E PIPOCA

Não sei explicar, mas conforme minha saúde foi melhorando, aumentou o número de visitas dos corretores de imóveis que vinham mostrar a minha casa aos possíveis compradores. Os vasos e as garrafas PET com alimentos e flores espalhados pelo quintal eram encantadores. Não tinha uma pessoa que fosse lá e não comentasse essa beleza, aproximando o rosto do pé de lavanda ou arrancando uma folhinha de hortelã ou de tomilho para mastigar.

Enquanto comia pipoca, recebi a inesperada visita da Emilly. Ela me trouxe um presente que quase me fez chorar. Trouxe um vaso com uma lavanda. Linda.

– Você pode me mostrar algumas fotos do nosso pai? – perguntou Emilly, ao se sentar no sofá.

Abri uma caixa de papelão com dezenas de álbuns de fotos da família.

– Vocês ainda imprimem fotos? Que coisa mais antiga!

– Nosso pai gostava de imprimir ao menos uma foto de cada ocasião especial. Então estão aqui as fotos de que ele mais gostava.

O Zé Renato mandou uma mensagem para o meu celular perguntando se poderia passar na minha casa. Respondi que estava ocupada, resolvendo problemas de família.

Eu e a Emilly passamos horas vendo as fotos e conversando sobre a nossa infância, o nosso pai e as coisas da vida. Em nenhum momento falamos do *bullying* que eu e Zé Renato vivemos.

– Muito obrigada por me mostrar todas estas fotos – disse Emilly.

– Quando quiser ver mais, é só chegar.

Ela anotou o número do meu telefone e disse que assim poderíamos marcar outros encontros. Eu pedi que ela escolhesse algumas fotos do meu pai para levar. Para a minha surpresa, ela escolheu três fotos, em todas eu estava presente.

Emilly passou a me visitar com frequência. Quando ela estava para aparecer, eu pedia ao Zé Renato que fosse embora. Ele ficava bravo, enciumado, mas não tinha jeito, eu precisava descobrir quem era essa minha irmã que nunca tive a oportunidade de conhecer. Minha avó sempre a recebia bem, com abraços e comida sem glúten, é claro.

Teve um dia em que o Zé Renato não quis ir embora quando soube que Emilly viria. Falou que, se ela estava virando minha amiga, também teria de ser amiga dele.

E foi assim, descobrindo essa nova família, cuidando agora dos dois pés de lavanda, que eu passei pelo meu tratamento pós-transplante de medula.

A cura do câncer ainda estava se concretizando, mas a cura do meu coração já era real.

CORRETOR EXPULSO

Um dia em que estávamos todos juntos fazendo a lição de casa, o corretor de imóveis tocou a campainha. Um casal o acompanhava.

– Fiquem à vontade – falei para o casal –, podem olhar tudo. Se precisarem de alguma coisa, me avisem.

O atencioso corretor pediu licença e começou a mostrar a casa para os clientes.

Na hora de sair, eles disseram que haviam gostando bastante, principalmente da horta, e que fariam uma proposta para a imobiliária para fechar o negócio.

– Vocês não precisam fazer proposta alguma – disse Emilly, para a surpresa de todos. – Esta casa não está mais à venda.

– Como assim, garota? Esta casa é da Joyce, não sua – respondeu o corretor.

– Sim, há um engano – falei –, podem fazer a proposta. Faremos o possível para que fiquem com a casa.

– Não, Joyce, ninguém vai ficar com a sua casa.

– Emilly, é melhor parar com isso, está assustando o casal que quer comprar a casa.

– Não vou parar! E você, senhor corretor e esse casal interessado, podem perder o interesse porque esta casa não está mais à venda.

Emilly praticamente expulsou os três de casa e, antes de fechar o portão, tirou a placa da imobiliária e a devolveu ao corretor.

– Pronto, moço, pode levar a placa de volta e faça o favor de nunca mais aparecer por aqui.

O corretor saiu resmungando e o casal ficou pensando que família mais doida era aquela.

– O que estão olhando, gente? Ele levou embora a placa de "Vende-se". Vamos continuar a lição? O que é? Estão me olhando por quê?

– Emilly – disse a minha avó –, o que acabou de fazer complica demais a nossa situação. Nós combinamos com o conciliador, foi assinado pelo juiz, você estava lá, que iríamos mostrar a casa só com um corretor presente e você mandou o homem embora.

– E agora, vó, como vai ser? O que vamos dizer para a Carmem? Ela, do jeito que quer esse dinheiro, vai voltar lá no conciliador. Estamos perdidas.

– Você vai ficar com cara de que nada aconteceu, Emilly? Vamos, fala alguma coisa! Por que mandou o povo embora? – perguntou Zé Renato.

– Eu conversei bastante com a minha mãe e decidimos não ficar com a nossa parte da sua casa – explicou Emilly ao se sentar no sofá. – Se o seu pai, quer dizer, o nosso pai, só pôde dar aquele dinheiro mensalmente quando estava vivo, não acho justo ganhar o dinheiro depois que ele morreu.

– Emilly, estou surpresa – suspirei. – Eu pensei que ter a parte da casa fosse o mais importante para vocês.

– Para mim nunca foi. A minha mãe queria o dinheiro, pois se preocupa com o meu futuro, mas eu a convenci e ela entendeu também.

– E onde vocês vão morar? Pelo que sua mãe disse, vocês não têm dinheiro para pagar o aluguel.

– Isso é verdade, mas eu estou procurando trabalho e ela está trabalhando duro no salão para ver se consegue ganhar um pouco mais.

– Eu não estou acreditando que você convenceu a sua mãe, ninguém menos do que Carmem Souza Santos, a mulher que faz clareamento de axila e posta na rede social, a mudar de ideia – disse perplexo o meu amigo.

– Qual é o problema, Zé Renato? – retrucou Emilly. – Todo mundo muda de ideia, isso é normal. A gente não precisa ser a mesma pessoa a vida inteira.

– Concordo – disse a minha avó, que havia ido ao quintal regar as plantas e colocar adubo na lavanda que a Emilly trouxe.

– Eu também acho – falei.

– Eu não, eu nunca mudo de ideia – afirmou Zé Renato.

– Duvido – provocou Emilly.

– Pode apostar – insistiu Zé Renato.

– Eu não perco isso por nada – disse a minha avó, voltando para a sala.

– Então vamos apostar, Zé Renato! Eu provo que agora mesmo você vai mudar de opinião.

– Nunca, Emilly. Meu pensamento é um só e sempre será.

– Vamos ver. Você gosta da Joyce? – perguntou Emilly.

– Eu? Claro! Ela é a minha melhor amiga.

– Única amiga – corrigi.

– Você já pensou em namorar a Joyce? – insistiu Emilly.

– Eu? Namorar a Joyce? Como assim? Estou ficando sem graça, ela é a minha amiga...

– E daí, garoto? Responde de verdade, você tem vontade de namorar a sua melhor amiga, sim ou não?

– Não sei, Emilly, não faça perguntas difíceis.

– Emilly, é melhor parar – falei. – Está parecendo o *bullying* que você fazia com a gente.

– Está bem, eu paro, mas se continuasse mais dois minutos, eu faria você declarar seu amor pela Joyce.

– Eu vou voltar para o quintal e cuidar da horta – disse a minha avó. – O pé de almeirão também precisa de adubo, em alguns dias vai nos dar lindas sementes.

Como estávamos terminando a lição, pedi que todo mundo fosse embora porque o clima estava ficando tenso demais. O Zé Renato estava mais roxo do que os veios da folha de almeirão-selvagem, não conseguia tirar o olhar do chão. Na despedida, ele pediu desculpas e falou que o amor que ele sentia por mim era de uma amizade bem grande.

Eu dei um selinho nele e passei a mão nos seus cachinhos lindos, desarrumando-os mais um pouco.

– Você ganhou a aposta – disse Zé Renato para a Emilly quando já estavam na calçada.

Ela piscou para mim e os dois partiram.

Fui ajudar minha avó a cuidar da horta.

Que maravilha! Havia brotado mais uma flor do almeirão-selvagem.

MUDANÇA

Minha avó e o Zé Renato ajudaram a separar as coisas dos meus pais para doação. Até então, o quarto deles estava intocado. Exceto para procurar os documentos necessários para o inventário, não tive coragem de abrir o guarda-roupa do quarto do casal.

Colocamos as roupas e os objetos em caixas de papelão que ficaram na sala. A mãe do Zé Renato levaria tudo para o bazar de uma igreja. O dinheiro da venda contribuiria com um abrigo de idosos. Fizemos um mutirão para pintar os quartos. Eu escolhi pintar três paredes do quarto dos meus pais de amarelo bem claro, e a parede da janela, de roxo, também fraquinho, quase azul suave. Queria dormir em um quarto com a minha cara.

Já o meu antigo quarto foi pintado todo de branco. Foi a Emilly mesma quem escolheu a cor do seu novo espaço.

Carmem resolveu dividir a sala para fazer o quarto dela. Ficou pequeno, mas ela se animou porque pôde pintar de vermelho as paredes do novo cômodo. E assim, com cores, gostos e vontades diferentes, aos poucos fui procurando aceitar minha nova família. Sim, eu sei que não é uma família comum, mas é a família que me acolheu agora. Quando me perguntarem quem é Emilly, direi que é a irmã que acabei de conhecer. Mas não sei o que vou dizer quando eu for apresentar Carmem a alguém. Talvez eu diga que é a mãe da minha irmã, ou que moramos juntas, não sei. Talvez não diga nada. Afinal, o que os outros têm a ver com a minha vida?

Fui com a Emilly na oficina do sr. Olívio e, antes que eu pedisse a ele que a empregasse, ele já ofereceu trabalho para minha irmã. Ela foi contratada para trabalhar todos os dias da semana. Esse sr. Olívio é demais. Teve toda paciência do mundo para ajudar a minha irmã a escrever melhor.

Minha avó pôde finalmente voltar para o sítio. Ela sentia muito a falta do cheiro de lavanda e da terra molhada antes de o sol nascer. A cada 15 dias, ela e algum parente do interior vêm me visitar. Claro que sempre trazem mudas, sementes e adubo orgânico para a nossa horta, que agora já tem dois lindos pés de lavanda para perfumar nossos dias.

No início, ela me ligava quase todo dia para saber como eu estava me virando. Eu dizia que, mesmo que nada tivesse saído conforme eu havia planejado, estava sendo ora assustador, ora encantador e que, no final das contas, estava sendo maravilhoso esse encontro com a minha nova família.

Nem precisei brigar com a Carmem para não cozinhar com farinha de trigo para que não houvesse contaminação cruzada. A cozinha de casa continua sendo *gluten free*.

Mas eu sei que tanto ela como a Emilly guardam em seus quartos bolachas recheadas cheias de glúten para comerem escondidas.

E se você está pensando... "Mas e o Zé Renato? Estão namorando ou não?"

O que eu posso dizer é que ele aprendeu a fazer tortas salgadas saborosíssimas e bolos encantadores (sem glúten, é claro!) com a minha avó no período em que estive no hospital em isolamento. E a cada dia que passa ele está se tornando um ótimo cozinheiro.

Continua cuidando de mim com todo carinho. Quando vamos ao cinema, me deixa escolher o filme e nunca mais precisei pedir a ele que segurasse o molde de sobrancelha.

Quando terminou o ano letivo e o meu tratamento ficou mais leve, revi todas as minhas amizades nas redes sociais. Pedi que o meu coração me guiasse para eu somente manter os amigos virtuais que também fossem meus amigos reais. Desfiz minha amizade com Sebá e aprendi a nunca mais aceitar solicitações de quem eu não conheço.

Não sei se crescerei "normalmente", ou quantos centímetros a mais vou ganhar, como os médicos dizem, após ter retirado o glúten da dieta e não mais ficar desnutrida. O que sei é que hoje tenho plena nutrição dentro do meu coração.

Ah, a horta continua dando alimentos, beleza e temperos. E os dois pés de lavanda continuam lá, no espremido quintal, lado a lado, trazendo para a cidade o suave aroma dos campos de lavanda.

CÉSAR OBEID

Como escritor, mas antes de tudo, como um ser humano antenado com os problemas sociais e pessoais, procuro afinar o olhar para além do lugar comum. Como um detetive, gosto de investigar as verdadeiras intenções das pessoas. Procuro, sempre que possível, não ficar somente na superficialidade, ou no que "aparenta ser", gosto do que realmente é. Esta história apresenta as motivações profundas que levaram uma jovem a praticar *bullying*. Sem buscar por respostas claras ou soluções moralistas, procurei criar um enredo envolvente, ágil para tratar deste tema, tão importante nos dias de hoje.

ERIKA LOURENÇO

Nasci em Belo Horizonte e passei a vida me mudando. Morei em tantos lugares, que finalmente descobri que eu sou meu próprio lar. Me encontrei quando entendi que a melhor maneira de me comunicar é através da ilustração, faço por trabalho e por amor. Ilustrar a história de Joyce foi maravilhoso e desafiador. Uma história emocionante e intensa, porém cheia de suavidades.

Este livro foi composto com a família tipográfica
Chaparral Pro, pela Editora do Brasil, em maio de 2019.